伊凡・伊里奇之死

Лев Николаевич
Толстой

托爾斯泰——著
魏岑芳——譯

特別收錄鐘穎（愛智者）深讀推薦文

寫給每一個人的生命之書

＊本書譯自俄文版《托爾斯泰文集》第十二冊（莫斯科：藝文出版社，1982）／林科夫注（Л. Н.Толстой. Собрание сочинений: В 22-х т. -М: Худож. лит., 1978.-Т. 12. Повести и рассказы. 1885-1902. / Коммент. В. Я. Линкова. 1982.-478с.）

＊《伊凡·伊里奇之死》是托爾斯泰於一八八六年完成的作品。托爾斯泰以故鄉圖拉的一位檢察官——伊凡·伊里奇·梅契尼可夫（Ивана Илич Мечников，1836-1881）做為主人翁的原型，描寫一位位高權重的法官在一步步走向死亡的過程中，所面臨的恐懼與折磨。梅契尼可夫的弟弟伊利亞·伊里奇·梅契尼可夫（Илья Илич Мечников，1845-1916）是著名的「乳酸菌之父」、一九〇八年諾貝爾生理及醫學獎得主，也是俄羅斯知名的微生物學家暨免疫學家。他認為托爾斯泰在書中對於死亡恐懼的描寫相當精湛。

目次

人物介紹 004

伊凡・伊里奇之死 **007**

【深讀推薦】他是苦心追求「自我實現」的現代人的縮影 鍾穎（愛智者） 116

名家讚譽 134

人物介紹

伊凡・伊里奇[1]・戈洛溫[2]（小名：凡尼亞）：本書主角，高等法院法官

普拉斯科維雅・費德羅夫娜・戈洛溫（米赫利[3]）：伊凡・伊里奇的妻子

瓦夏：伊凡・伊里奇的小兒子，中學生

麗莎（又稱麗贊卡）：伊凡・伊里奇的大女兒

伊利亞・葉菲莫維奇・戈洛溫：伊凡・伊里奇的父親

米佳：伊凡・伊里奇的哥哥

沃洛佳：伊凡・伊里奇的弟弟

卡堅卡：伊凡・伊里奇的妹妹

格列弗：伊凡・伊里奇的妹婿，男爵

費多爾・彼得洛維奇・佩特里謝夫：檢察事務官，麗莎的未婚夫

德米特里・伊凡諾維奇・佩特里謝夫：麗莎的未婚夫費多爾・彼得洛維奇之父[4]

格拉西姆：伊凡・伊里奇家中的廚工

索科洛夫：伊凡・伊里奇家中的茶房

舍別克：伊凡・伊里奇的同事、牌友，是一位法官

---

1 譯注：**伊凡・伊里奇**這個名字，與本書中其他人的姓名往往有重複（例如彼得・**伊凡**諾維奇，以及伊凡・伊里奇的同事們：**伊凡**・葉戈羅維奇・舍別克、彼得・**伊凡**諾維奇等人），乃托爾斯泰有意為之，為的是提醒讀者，伊凡・伊里奇其實就是書中的每一個人，也是我們每一個人。（請參閱：Андреев, А. Н. **Персоноцентризм в классической русской литературе XIX в.: диалектика художественного сознания** / А.Н. Андреев. - Москва : Директ-Медиа, 2014. - 637 с.）

2 譯注：俄羅斯人名一共分為三部分：名、父稱、姓氏。各個名字又有不同的小名及暱稱，而父稱是由父親的名字變化而來。女子結婚後就改跟丈夫姓。

3 譯注：原家族姓氏。

4 譯注：按俄文父稱可推測，費多爾・彼得洛維奇父親的名字應為「彼得」，或費多爾・彼得洛維奇的父稱應為「德米特里耶維奇」，文中可能為作者筆誤。

彼得・伊凡諾維奇：伊凡・伊里奇的好友兼同事，也是他法學院的同學

費多爾・瓦西利耶維奇：伊凡・伊里奇的好友、同事，也是彼得・伊凡諾維奇的牌友

施瓦爾茨：彼得・伊凡諾維奇的同事兼牌友

米哈伊爾・米海洛維奇：伊凡・伊里奇的牌友

扎哈爾・伊凡諾維奇：伊凡・伊里奇的好友，也是他能在彼得堡獲得職位的關鍵人物

Chapter 01

法院大廈裡正開庭審理梅利溫斯基家族乙案，中間休息時，幾位法官與一名檢察官聚集到伊凡・葉戈羅維奇・舍別克的辦公室裡，聊起了著名的克拉索夫案。費多爾・瓦西利耶維奇心急如焚，竭力證明法院對此案無管轄權，伊凡・葉戈羅維奇堅持己見，彼得・伊凡諾維奇則是打從一開始就沒加入爭論，順手翻了翻剛送進來的《機關報》。

「諸位！」他說：「伊凡・伊里奇死了！」

「此話當真？」

「喏，您瞧。」他對費多爾・瓦西利耶維奇說，一面將剛出爐、還充滿著油墨味的報紙遞給他。

黑框裡印著：「普拉斯科維雅・費德羅夫娜・戈洛溫悲慟訃告諸位親友，先夫高等法院法官[1]伊凡・伊里奇・戈洛溫，悼於一八八二年二月四日逝世。謹擇於星期五下午一點整出殯。」

伊凡・伊里奇生前是這些聚在此處之人的同事，所有人都愛他。他已經病了好幾週；

1　俄文版注：按帝俄時期一八六四年的改革，處理一般法律程序的普通法院可以分為兩個級別（宗教法院和軍事法院除外）：地方法院和高等法院，而伊凡・伊里奇是當時高等法院的法官。

據說他的病無藥可醫。他的職位仍舊為他保留著，然而據推測，他死後上頭可能會派阿列克謝耶夫接任他的職位，而阿列克謝耶夫的職位則將由維尼科夫或是施塔別利接任。因此，當聚集在辦公室裡的人聽到伊凡．伊里奇的死訊時，每個人腦海中第一個想法就是，他的死對於這些法官自己或其熟人的升遷有何影響。

「這回我也許會獲得維尼科夫或是施塔別利的職位，」費多爾．瓦西利耶維奇心想：「這個職位上頭早就答應要保留給我了，而這次晉升會為我加薪八百盧布，外加一間個人辦公室。」

「現在該請求將在卡盧加的內兄調過來了，」彼得．伊凡諾維奇想：「太太一定會很高興，這樣一來，她就不能再說我從來沒有為她家人做過什麼了。」

「我就想他應該是好不了了，」彼得．伊凡諾維奇開口說：「真是遺憾！」

「他生的到底是什麼病？」

「醫生也診斷不出來。應該這麼說，診斷是診斷了，但結果都不一樣。我最後一次看到他的時候，還以為他會好起來。」

「過完節後，我就再也沒到過他那裡，原本打算去的。」

「他的經濟狀況如何？」

「他太太那裡好像有點財產，但幾乎微不足道。」

「是該去拜訪一下。他們住得實在太遠了。」

「是離您家很遠，從您家到哪裡都很遠。」

「唉呀，他就是不能原諒我住在河的對岸。」彼得·伊凡諾維奇對舍別克笑著說。接著大家就開始聊起城市裡各處相距之遙，然後就開庭去了。

伊凡·伊里奇的死，除了讓每個人想到他死後隨之而來的職位調動和工作上的改變之外，聽聞身邊熟人的死訊總是會讓人感到些許慶幸：幸虧死的人是他，而不是我。

「他怎麼就死了，我倒是還沒死。」每個人心中都這樣想或這樣感覺。與伊凡·伊里奇親近的熟人，也就是所謂的朋友們，這時都不由得想著：現在禮貌上應該盡一些無聊的義務，並去參加安魂祈禱、慰問遺孀。

與伊凡·伊里奇最親近的就屬費多爾·瓦西利耶維奇和彼得·伊凡諾維奇了。

彼得·伊凡諾維奇是伊凡·伊里奇法學院的同學，因此他認為自己有責任為伊凡·伊里奇做些什麼。

午飯時間，彼得．伊凡諾維奇把伊凡．伊里奇的死訊，以及將內兄調職到他們這一區的想法告訴太太後，他並沒有躺下休息，而是穿上燕尾服，乘車前往伊凡．伊里奇家。

伊凡．伊里奇的宅第入口處，停了一輛四輪轎式馬車及兩輛出租馬車。樓下前廳衣帽架旁靠牆的位置，立著一個帶有流蘇及金帶子的錦緞[2]棺材蓋。兩位身著黑衣的女士，正脫去身上的毛皮大衣；其中一位是伊凡．伊里奇的妹妹，彼得．伊凡諾維奇認識她，另一位他不認識。彼得．伊凡諾維奇的同事施瓦爾茨正從樓上下來，在上方的階梯看見了剛走進門的彼得．伊凡諾維奇，便停住向他使了個眼色，似乎是在對他說：「伊凡．伊里奇處理得亂七八糟；我們倆處理起來才不會這樣呢！」

施瓦爾茨一臉英式絡腮鬍，身著燕尾服的瘦削身軀，一如往常，既典雅又莊重，而這樣的莊重，剛好與施瓦爾茨輕浮的性格產生衝突，讓彼得．伊凡諾維奇覺得特別有趣。

彼得．伊凡諾維奇讓這兩位女士走在前方，緩慢跟在她們後頭上了樓梯。施瓦爾茨沒有繼續往下走，而是在上面停了下來。彼得．伊凡諾維奇馬上明白他為何停下腳步：他顯

2 俄文版注：用金絲或銀線織上花紋的綢緞。

然想找個地方與彼得·伊凡諾維奇商量今天要在哪裡打惠斯特牌[3]。女士們上了樓往遺孀那裡去，而施瓦爾茨擠了擠眉毛，嚴肅地用他那結實的雙唇、滑稽的眼神，示意彼得·伊凡諾維奇往右邊放著遺體的房間走。

彼得·伊凡諾維奇走了進去，卻不知道自己該做些什麼，平時他也常有這樣的狀況。他只知道，這種場合在胸前畫個十字不會出什麼差錯。至於是否也需要鞠躬，他不太確定，所以他選擇了一個折衷的辦法：走進房間後，他便開始畫十字，頭微微前傾，像是在鞠躬的樣子。他的手和頭一面動作，一面環顧房間四周。兩位年輕人，似乎都是死者的姪兒，其中一位是中學生，畫完十字後就走出了房間。一位老太太一動也不動地站著，而一位眉毛異常高挑的女士在她耳邊喃喃低語。誦經士身著常禮服，他精神抖擻、果敢堅決，帶著消除一切矛盾的表情，鏗鏘有力地念著什麼；廚工格拉西姆躡手躡腳地走過彼得·伊凡諾維奇面前，朝地上灑了些東西。彼得·伊凡諾維奇看到這一幕，馬上就感受到有一股淡淡

3 譯注：惠斯特牌（俄語：винт，英語：whist），一種紙牌遊戲，起源於十八世紀的英國，於十八、十九世紀時非常盛行，玩家通常為四人（至少兩人，至多六人亦可進行），分為兩組，以抽牌決定隊友，相互對決；每人十三張牌，一次出一張牌，牌最小的先出，以贏牌墩為目的；發牌時，發出的最後一張牌的花色，為王牌花色。本篇小說裡提到的打牌，均指打惠斯特牌。

的腐屍氣味。彼得・伊凡諾維奇最後一次拜訪伊凡・伊里奇，在書房裡見過這個工人；他負責看護的工作，伊凡・伊里奇對他關愛有加。彼得・伊凡諾維奇畫了十字，朝棺材、誦經士和角落桌上聖像中間的位子，輕輕鞠了個躬。然後，當他發現用手畫十字的動作有點太久時，他便停下，開始打量死者。

如同所有的遺體一樣，死者躺著，看起來特別沉重，僵硬的四肢，按遺體應有的樣子，陷入棺材的墊子中，頭按慣例微抬起放在枕頭上。死者一如所有遺體，露出自己蠟黃的額頭與光禿禿且塌陷的鬢角，高聳的鼻子好似擠壓著上唇。伊凡・伊里奇變了很多，在彼得・伊凡諾維奇沒見到他的這段時間裡，他變得更瘦了，但他的臉，如同所有的遺體，變得更好看了一點，主要是——變得比他活著時還要更加意味深長。臉上的神情似乎在說，該做的事都完成了，而且都完成得規規矩矩。此外，死者的表情中還帶有一絲對生者的責備及警惕。對於彼得・伊凡諾維奇而言，這樣的警惕並不恰當，至少跟他無關。不知怎地，彼得・伊凡諾維奇突然感到不快，所以又趕忙在胸前畫了個十字，然而當他覺得自己畫得匆促得不符合禮數時，便轉過身，向門口走去。施瓦爾茨正在穿堂等著他，他雙腿張得開開的，一面用雙手玩弄著自己的大禮帽。彼得・伊凡諾維奇瞧了一眼施瓦爾茨那調皮、乾淨又優雅的身形，便恢復了精神。彼得・伊凡諾維奇明白，施瓦爾茨根本不把這事放在眼裡，而且也不會屈服於這令人不快的感覺。施瓦爾茨的樣子告訴他：伊凡・伊里奇的安魂禮拜不足以破壞他們打牌的傳統，也就是說，今晚僕人將立好四根未燃燒過的蠟燭，什麼也不能阻擋他們喀噠一聲拆開一副紙牌——總之，安魂禮拜實在沒有任何理由可以搗亂我們今晚的快樂時光。施瓦爾茨低聲將今晚打牌的事告訴經過的彼得・伊凡諾維奇，邀請他加入費多爾・瓦西利耶維奇那一組。但彼得・伊凡諾維奇顯然與今晚的牌局無緣了。普拉斯科維雅・費德羅夫娜是位個子不高、肥墩墩的女人，儘管她竭力克制，身材卻仍然從肩膀以下橫向發展。她身穿黑衣，頭披鈎花，眉毛異常挑起，就和那位站在棺材旁的女士一樣。她和女士們走出自己的內室，將她們領進死者的房門，說道：

「現在安魂禮拜即將開始，請進。」

施瓦爾茨漫不經心鞠了個躬，便站住了，顯然既未接受，也未拒絕這個邀請。普拉斯科維雅・費德羅夫娜認出了彼得・伊凡諾維奇，歎了一口氣，走到他跟前，拉起他的手說：

「我知道，您是伊凡・伊里奇真正的朋友……」她看著他，期待他做出與這番話相符的反應。

彼得·伊凡諾維奇明白，就如同先前在那裡需要畫十字一般，在這個場合需要握手，歎一口氣，然後說：「請您相信！」於是他這麼做了。說完這話，他覺得獲得了預期的結果：他自己很感動，她也是如此。

「咱們走吧，趁那兒還沒開始，我想與您說幾句話。」遺孀說：「把手給我。」

彼得·伊凡諾維奇伸出手，然後他們走進裡面的房間。他經過施瓦爾茨身邊時，施瓦爾茨向他憂傷地使了個眼色：「完了！我們找別人搭檔，您可別見怪呀！您脫身後，五個人一組也是可行的！」他以玩世不恭的眼神說道。

彼得·伊凡諾維奇更深更憂傷地歎了一口氣，普拉斯科維雅·費德羅夫娜感激地握了握他的手。他們走進她那間貼著玫瑰壁布、燈光昏暗的客廳，在桌邊坐了下來：她坐在沙發上，彼得·伊凡諾維奇則坐在一張彈簧損壞、一坐下就高低不平的低矮軟凳上。普拉斯科維雅·費德羅夫娜原本想叫他坐另一張椅子，但她發現自己的處境說這話不合適，便打消了念頭。一坐到矮凳上，彼得·伊凡諾維奇便想起，伊凡·伊里奇生前如何布置這間客廳，還有怎樣同他商量有關這印有綠葉的玫瑰壁布之事。遺孀經過桌子（整個客廳放滿家具和大型物品），坐在沙發上，黑色披肩上的花邊被桌子的雕花給勾住了。彼得·伊凡諾維奇稍微起身，想幫她解開，但他底下那張重獲自由的軟凳開始躁動不安，推起了他幾下。這時，遺孀已嘗試自己解開花邊，於是彼得・伊凡諾維奇又坐下，壓制了他下方那張造反了的軟凳。但遺孀仍然解不開，所以彼得・伊凡諾維奇又起身，而軟凳再次造反，甚至發出聲響。解開鉤花後，她掏出乾淨的細麻手帕，開始哭泣。而鉤花的插曲和矮凳之戰使彼得・伊凡諾維奇冷靜下來，他臉一沉，坐了下來。伊凡・伊里奇的茶房索科洛夫打破了這尷尬的氣氛，他來報告說，普拉斯科維雅・費德羅夫娜選的那塊墳地要兩百盧布。她停止哭泣，以一種受害者的眼神注視著彼得・伊凡諾維奇，用法語說，她的處境很艱難。彼得・伊凡諾維奇做出一個無聲的動作，表示他完全相信，不可能不是這樣。

「請抽根菸。」她用嘶啞的聲音慷慨說道，開始跟索科洛夫討論那塊墳地的事。彼得・伊凡諾維奇一面抽菸，一面聽她仔細詢問墳地的各種價格，並決定應該買哪一塊。此外，談完墳地，她又安排了唱詩班的事。索科洛夫離去。

「我什麼事都自己來。」她對彼得・伊凡諾維奇說，把放在桌上的相冊挪到一邊；然後她發現菸灰會潑及桌子，馬上推了個菸灰缸到彼得・伊凡諾維奇面前，說道：「說我痛苦到沒有辦法處理這些實際事務，我覺得太假惺惺。相反地，若有什麼不僅能帶給我安慰，又能夠轉移我的注意力，就是為他的後事操心。」她又拿出手帕，似乎準備要哭，但忽然好像抑制住自己的情緒，振作起來，開始平靜說道：

「然而，我有一事相求。」

彼得・伊凡諾維奇點點頭，沒讓軟凳裡正在他屁股底下顫抖的彈簧舒展開來。

「他在最後幾天極度痛苦。」

「他很痛苦？」彼得・伊凡諾維奇問。

「唉，痛苦至極！不僅是最後幾分鐘，而是最後幾個小時，他一直喊叫。一連三天，他毫無間斷地喊叫著。簡直無法忍受。我也不知道我是如何撐過去的，叫聲隔著三道門都可以聽得到。哎呀！我受的是什麼罪啊！」

「他當時神智清醒嗎？」彼得・伊凡諾維奇問。

「是的，」她低聲說：「清醒到最後一分鐘，他在臨死前一刻跟我們每一個人道別，還請我們把瓦夏[4]帶走。」

4 譯注：原文為沃洛佳，但依前後文對照，應為瓦夏，亦即伊凡・伊里奇的兒子，此處應為作者筆誤，請參閱：Михаил Эпштейн, «Ирония идеала: парадоксы русской литературы», 2015.

不管這位女士和自己如何的矯揉造作，彼得·伊凡諾維奇一想到這位受苦之人，他曾是如此熟悉——一開始認識他時，他是一位活潑的小男孩、一名學生，然後成了成年人——他便心驚膽顫。他彷彿又看見那額頭、那擠壓著嘴唇的鼻子，他開始為自己感到害怕。

「他受盡三天三夜的折磨然後死去。這些事畢竟隨時都有可能發生在我身上。」他想，剎那間他開始感到恐懼。但此時，他不知怎地，腦中一個尋常的想法幫了他一把——這些事是發生在伊凡·伊里奇的身上，而不是在他身上，這些事不應該、也不可能發生在他身上；他若這樣想，就會陷入憂鬱的情緒中，而這是不應該的，從施瓦爾茨臉上的表情便可得知。彼得·伊凡諾維奇心中這樣推斷之後，便放心下來，開始好奇地詢問伊凡·伊里奇臨終的種種細節，彷彿死亡是一場專屬於伊凡·伊里奇個人的冒險，與他絲毫不相干。

聊完發生在伊凡·伊里奇身上各種可怕生理痛苦的細節後（這些細節，彼得·伊凡諾維奇是從伊凡·伊里奇的痛苦如何刺激普拉斯科維雅·費德羅夫娜的神經而得知的），遺孀顯然發現需要切入主題了。

「唉呀！彼得·伊凡諾維奇，真是難熬，真是非常難熬，真是非常難熬。」她又哭了起來。

彼得·伊凡諾維奇歎了歎氣，等她擤完鼻涕後，他說：

「請您相信……」她又打開話匣子，終於說出她的目的：丈夫死後，如何從國庫取得撫卹金。她假裝詢問彼得・伊凡諾維奇對於撫卹金的意見；但他看出她已經知道許多連他自己也不知道的細節：伊凡・伊里奇死後還能從國庫拽出多少東西；但她想知道的是，是否還能拿到更多錢。彼得・伊凡諾維奇盡力想替她找出這樣的辦法，他想出了幾個，接著基於禮貌批評了一下小氣的政府，然後說，大概沒辦法再獲得更多了。她於是歎了口氣，顯然開始想用些方式擺脫這位客人。彼得・伊凡諾維奇看出了她的心思，便熄了菸，起身與她握了握手，向前廳走去。

飯廳裡掛著許多伊凡・伊里奇曾高高興興地在「伯里卡伯拉克」[5]古董店買的時鐘，彼得・伊凡諾維奇在這裡見到了司祭[6]以及幾位來參加安魂禮拜的熟人，他看見一位他認識的美麗千金小姐——伊凡・伊里奇的女兒。她一身黑衣，讓原本就十分纖細的腰肢似乎變得更加纖細。她看起來愁悶、堅決，近乎憤怒。她向彼得・伊凡諾維奇鞠了個躬，看起來好似他有錯在身一般。女兒身後站著一位富有的年輕人，一副受委屈的樣子，彼得・伊凡

5 法語「古董」（bric-à-brac）的音譯。
6 譯注：俄羅斯正教的神職人員。

諾維奇認得他，聽說他是一位檢察事務官，是她的未婚夫。彼得．伊凡諾維奇憂鬱地向他們一鞠躬，想走到停放死者的房間，在樓梯下，遇到了伊凡．伊里奇就讀中學的兒子，他跟伊凡．伊里奇長得簡直一模一樣。他根本就跟彼得．伊凡諾維奇腦海中那位在法學院讀書的年輕伊凡．伊里奇一樣。他哭紅了雙眼，如同那些十三、四歲蓬頭垢面的小夥子。男孩一看到彼得．伊凡諾維奇，便嚴肅靦腆地皺了皺眉頭。彼得．伊凡諾維奇向他點了個頭，就走進停放死者的房間裡。安魂禮拜開始——蠟燭、哭嚎聲、香、眼淚、悲泣聲相互交錯著。彼得．伊凡諾維奇蹙著眉頭站著，盯著自己的腳看。他連死者都沒正眼瞧過一次，一直到禮拜尾聲他都沒有鬆懈下來，便隨著第一批離去的人走出房間。前廳一個人也沒有，廚工格拉西姆匆忙地離開死者的房間，用他那強壯的雙手將所有的毛皮大衣翻開，找出彼得．伊凡諾維奇的大衣，並交給他。

「怎麼了，格拉西姆兄弟？」彼得．伊凡諾維奇為了想講些什麼而問道：「遺憾嗎？」

「這是上帝的旨意，所有人也都會到那裡去的。」格拉西姆說，露出自己那排莊稼漢的整齊白牙，他就像在繁重工作中上緊發條的人，連忙打開門，把車伕喊來，扶彼得．伊凡諾維奇上車，然後跳到後面的臺階上，似乎想到還有什麼事要做。

彼得・伊凡諾維奇在離開香、屍體及石炭酸[7]的氣味後，愉悅地吸了一口清新的空氣。

「您要到哪？」車伕問。

「時候還不晚，繞去費多爾・瓦西利耶維奇那兒一趟。」

彼得・伊凡諾維奇離開，果真在第一個決勝局[8]結束前趕上了他們，順勢成為第五位牌友。

7 譯注：石炭酸用於屍體的防腐。

8 譯注：決勝局，定出勝負的那一局比賽。

Chapter 02

伊凡・伊里奇過去的生活極其簡單平常，卻也極其可怕。

伊凡・伊里奇享年四十五歲，是高等法院的法官。他是官家子弟，父親在彼得堡各部各局平步青雲，如此仕途使人達到某種地位——即使他們明顯不適任，但由於長久的資歷和職銜，不會被掃地出門，還能夠因此獲得一些不折不扣的閒職，又可領到貨真價實的六千到一萬盧布，這足以讓他們不愁吃穿地終老一生。

伊利亞・葉菲莫維奇・戈洛溫就是一位這樣的三品文官，一位不必要機關裡的冗員。

他有三個兒子，伊凡・伊里奇是次子。長子也和父親一樣，飛黃騰達，只是他是在另一個部會，而且也快到能夠坐領乾薪的年紀了。么子是個倒楣鬼，到哪都弄得自己一身汙名，現從事鐵路方面的工作：他的父親及兄長，特別是兄嫂，除非逼不得已，否則都不願意見他，亦從不提起他。還有一位妹妹嫁給了格列弗男爵，他和他的岳父一樣，也是彼得堡的官吏。大家都說伊凡・伊里奇是le phenix de la famille[9]。他既不像大哥那樣冷酷嚴謹，也不像弟弟那樣無可救藥。他介於他們之間——是個聰明、活潑、討人喜歡又有禮貌的人。

9　譯注：法語，意即「家族之光」。

他和弟弟一樣就讀法學院[10]，弟弟肄業，在五年級時就被開除學籍，而伊凡．伊里奇則是以優異的成績結業。在法學院時，他就已經和後半生的表現一樣：天賦異稟、和顏悅色、心地善良又平易近人，同時又非常有責任感，他將那些金字塔頂端之人的責任視為己任。他從小到大就不是阿諛奉承之人，但在他很小的時候，就嚮往金字塔頂端的人們（就像蒼蠅有趨光性一樣），把他們當作自己的榜樣，把他們對生活的看法當作自己的看法，也與他們保持友好的關係。兒時童趣與少時娛樂並未在他人生中留下太多痕跡；他曾愛慕虛榮、迷戀女色，甚至在高年級時也曾追求自由主義的思想，但是他總能以感覺準確地拿捏一切事情的限度。

他就讀法學院時曾有過一些行為，而這些行為成為他人生中很大的汙點，甚至當時也引起他對自己的反感，不曉得自己怎麼會幹出這種事；但當他發現木已成舟，且那些金字塔頂端的人們也不認為這是什麼卑劣之事時，他就把這些行為完全忘了，一點也不為與這些行為相關的記憶感到悔恨，雖然他也不承認那些是什麼好事。

10 俄文版注：意即法律學校，屬高等學校（四年的基礎教育，加上三年專業訓練），是為培育貴族子弟將來從事法律領域工作而設立。

伊凡・伊里奇以十品文官[11]的資格從法學院畢業後，從父親那裡得到一筆治裝費，便為自己在沙爾梅爾服飾店裡訂製了一套衣服，並在懷錶墜子上掛了寫著respice finem[12]的金屬吊牌，向親王與老師道別，與同學們在多農餐廳小聚，然後帶著在店裡訂作和購買的時尚行李箱、內衣、衣服、刮鬍用具及盥洗用具和一條圍巾，到外省赴任省長特助──他父親給他弄到的職務──去了。

在外省，伊凡・伊里奇就像在法學院讀書時，馬上就為自己找到了輕鬆愉快的處世之道。他一面工作，一面發展仕途，同時又適度尋歡作樂；有時受上級委託到各縣城去，他與上司和下屬相處不卑不亢，總是以連自己都引以為傲的誠實正直，準確完成交辦事項，多半是處理有關分離派教徒[13]的事務。

儘管年紀輕輕又喜好一些輕浮的娛樂，在工作上，他卻非常拘謹、公事公辦，甚至十分嚴厲；但在社交生活上，他往往幽默風趣，總是心地善良，彬彬有禮，正如他常登門拜

11　俄文版注：也就是十品書記官。
12　譯注：拉丁語，「先見之明」。
13　譯注：指十七世紀俄羅斯正教會分裂之後的舊教派信徒。

訪的上司和上司太太都說，他是一個bon enfant[14]。

這位穿著講究的法學院畢業生在外省與一位女士曾有過一段情，此外他與一位女帽商也曖昧不清；曾與來訪的御前侍衛暢飲狂歡，然後在晚餐後到偏遠的大街上閒晃。他曾巴結上司和上司的太太，但他自稱一切做得名正言順，不至於被指責：頂多落得一句法國格言：il faut que jeunesse se passe[15]。一切都是他在上層社會中說著法語、穿著乾淨的襯衫、用他那雙乾淨的雙手做的，重要的是，這也都是金字塔頂端的人士所認同的。

伊凡．伊里奇工作了五年後，職務轉換的時機到了。新的法律機關成立了，需要一些新人。

因此，伊凡．伊里奇就成了這批新人之一。

有人推薦伊凡．伊里奇擔任檢察事務官，儘管這個職位是在另一個省分，伊凡．伊里奇還是接受了，因此他必須拋下之前建立好的人脈，重新開始。朋友們聚在一起歡送伊凡．伊里奇，送給他一個銀製菸盒，他便出發就職去了。

14 譯注：法語，「乖孩子」。
15 譯注：法語，「年少輕狂」。

檢察事務官伊凡・伊里奇做得一樣comme il faut[16]、合乎禮節，他公私分明，受大家敬重，就和他擔任省長特助時一樣。

檢察事務官這份職務對伊凡・伊里奇而言，比前一個工作更有趣、更誘人。先前的職務令他感到愉快，是因他能身穿沙爾梅爾所訂製的文官制服，踩著輕快的步伐，穿過忐忑不安、等待著受理的申訴人群和對他投以羨慕眼光的官員身邊，直接走進上司的辦公室裡，跟他一起喝茶抽菸；但聽命於他的人僅止於少數，只有在他受命出差時的一些縣警局局長和分離派教徒而已；對於那些聽命於他的人，他樂於以禮相待，幾乎可說是與他們稱兄道弟，他喜歡讓人覺得他有權發號施令，卻待人和善、易於相處。當時像他這樣的人很少。而現在檢察事務官這個職務讓伊凡・伊里奇覺得，所有人——不論是有權有勢的人，還是顧盼自雄之人，無一例外——都在他手中，只要他在公文上寫幾句話，再下個標題公諸於世，這位有權有勢、顧盼自雄之人，就會馬上被列為被告或證人；如果他沒想要把這人抓去坐牢，這人就必須站在他面前，回答他的問題。伊凡・伊里奇從來沒有濫用自己的職權，

16 譯注：法語，「得體」之意。

反而盡可能不強調這項權力；然而，擁有和使這樣的權柄溫和些，成為他最大的興趣，也成為這份新職務吸引他的原因。這份職務讓伊凡・伊里奇很快學會如何推卸與工作不相關的責任，還有將事務化繁為簡，也就是事務僅止於他在公文上的敘述，且還要排除他的個人觀點，更重要的是，要符合公文格式的一切要求。這是新的學習，而且他還成為第一批一八六四年條例附則的實踐者之一[17]。

到新城市擔任檢察事務官的伊凡・伊里奇結交了新朋友、建立起人脈，為自己找到了新的定位，還學會了幾種不同的說話語調。他和省政府保持適當的距離，在居住於城市中的法官與富裕的貴族中挑了一個較優秀的圈子，他的語調中帶有對政府的些微不滿、少許的自由主義及公民意識。除此之外，伊凡・伊里奇先前高雅的裝束一點也沒有改變，就任新職務後，他就不再刮除下顎的鬍子，任其自由生長。

伊凡・伊里奇在新城市裡的生活相當快活：在與省長唱反調的圈子，大家感情都不錯；薪水比之前更優渥，剛學會的惠斯特牌也給他的生活增添不少樂趣。伊凡・伊里奇玩

17 俄文版注：據一八六四年十一月二十日新訂定的司法條例，俄羅斯確立了陪審團制度、公開審判制、訴訟原則、律師制度，且法官改為終身任職，有助於維護司法獨立。（譯按：一八六四年，沙皇亞歷山大二世實施了司法改革。）

起牌來輕鬆愉快，迅速就能掌握牌局，也很機智，所以他每次都是贏家。

在新城市工作兩年後，伊凡．伊里奇遇到了自己未來的妻子。普拉斯科維雅．費德羅夫娜．米赫利是伊凡．伊里奇往來的圈子中，最迷人、聰慧，也最出色的女子。伊凡．伊里奇在娛樂消遣和偵查工作之餘，和普拉斯科維雅．費德羅夫娜建立了一段不認真的關係。

伊凡．伊里奇在任職特助時就經常跳舞，但擔任檢察事務官時期，就鮮少跳舞了。他對跳舞的想法是這樣的：雖然我在新的機關裡職等是第五品，但說到跳舞，我可以證明，在這方面我絕對比別人優異。所以，他有時會在晚會尾聲和普拉斯科維雅．費德羅夫娜共舞，而他就是在跳舞時贏得了普拉斯科維雅．費德羅夫娜的芳心。她愛上了他。伊凡．伊里奇並沒有明確要結婚的打算，但當這位姑娘愛上他以後，他便問自己：「所以，到底為什麼不結婚？」

普拉斯科維雅．費德羅夫娜小姐出身於名門望族，相當美麗，還稍有財富。伊凡．伊里奇原本打算訂一門更好的親事，但這門婚事也不錯。伊凡．伊里奇自己有俸祿，但也希望對方擁有與他相當的收入。她的出身不錯——她是一位可愛、美麗且品行端正的女人。這麼說好了，伊凡．伊里奇結婚，是因為他愛上自己的未婚妻，且他發現她也認同自己的人生觀，若說他結婚是因為他圈子的人撮合的，實在對他不公平。伊凡・伊里奇會結婚，是因為這兩個想法：他很高興能夠娶到這樣的妻子，此外，他做了一件金字塔頂端的人們認為正確的事。

因此，伊凡・伊里奇結婚了。

整個婚禮過程和新婚期間夫妻甜蜜，新的家具、新的餐具、新的床單，直到妻子懷孕前一切都非常美好，因此伊凡・伊里奇開始覺得，結婚不僅沒有破壞他原本輕鬆、愉快、愜意、體面與受社會肯定的生活，還使其更上一層樓。然而，就在妻子懷孕的第一個月，發生了一件前所未有、令人不快、沉重，且不體面、不可預測又無法擺脫的事。

伊凡・伊里奇覺得，妻子開始毫無理由地 de gaité de cœur[18]，他告訴自己，她破壞了愉快和體面的生活：她沒來由吃他的醋，要求他要討自己歡心，對所有事情都吹毛求疵，還會說出令人不快且不堪入耳的話。

起初，伊凡・伊里奇還希望能夠脫離這樣不愉快的情勢，回到過去輕鬆體面的生活——

18 譯注：法語，「任性驕縱」。

他試著忽略妻子的情緒，繼續過得和以前一樣輕鬆愜意：他邀請一大群朋友到家裡來打牌，出門參加俱樂部或是去找朋友。但有一次妻子耗盡所有氣力對他口出惡言，當他沒有達到她的要求時，就次次接連不斷責備他，似乎從那時起她就下定決心，只要他一天不屈服，也就是他一天不在家且不像她一樣憂愁，她就不會停止她的惡言惡語，這令伊凡・伊里奇大吃一驚。他這才明白，原來婚姻生活（至少是他自己與妻子的生活）不是永遠愉快體面的，恰好相反，愉快與體面的生活常常被破壞，而他必須保護自己免於這些破壞。所以伊凡・伊里奇開始尋找解決辦法。唯有工作能讓普拉斯科維雅・費德羅夫娜肅然起敬，所以伊凡・伊里奇開始藉由工作及職責與妻子較勁，同時築牆將自己的獨立世界區隔開來。

隨著孩子出世，餵養孩子，以及各式各樣的挫折，母子二人生病時的照護及疾病的預防，伊凡・伊里奇都必須參與——即便他對這些事情一點也不了解。他那把家庭生活和個人世界區隔開來的想法，就變得更堅決了。

當妻子變得愈焦躁易怒、予取予求，伊凡・伊里奇就愈把自己的生活重心轉移到工作上。他愈來愈愛工作，並且比以前更愛慕虛榮。

很快地，結婚一年以後，伊凡・伊里奇明白，婚姻生活帶來許多便利，但實際上是一件複雜且沉重的事，若自己想盡義務，也就是想擁有體面、受社會讚許的生活，就好比工作一樣，必須用心經營這段關係。

伊凡．伊里奇是以這樣的態度經營自己的婚姻生活的：他僅要求家庭生活讓他有飯可吃、有女主人照料和有床可睡，更主要的是——表面上看起來體面，以符合社會的期待。除此之外，他也會在其中尋找快樂，若能找到，他便心存感激；若遇到妻子的攻擊和埋怨，他便立刻逃到自己獨立、封閉的工作世界裡，在工作中尋找樂趣。

長官認為伊凡．伊里奇是個優秀、熱誠且經驗豐富的職員，所以很器重他，三年之後將他升為副檢察官。擔任這份職位，伊凡．伊里奇不但擔負起新的重責大任，且有機會離法官更近，可以將任何人關進監獄，還能公開演講，並在演講中獲得成就——這一切都讓他更投入工作之中。

孩子長大了，妻子變得更加嘮叨、更愛發脾氣，但是伊凡．伊里奇對於家庭生活的經營，使他能完全不受她的叨叨絮絮影響。

在同一個城市工作七年之後，伊凡．伊里奇被調往另一省去擔任檢察官。他們搬了家，財源減少，且妻子不喜歡他們新搬去的地方。薪俸比之前高，但是生活開銷較大；此外，兩個孩子相繼夭折，家庭生活對伊凡・伊里奇而言，變得更不愉快。

普拉斯科維雅・費德羅夫娜將所有在新環境裡遭受到的痛苦，都怪罪到丈夫頭上。夫妻之間大部分的談話內容，特別是關於孩子的教養問題，都會引發爭吵，爭執往往一觸即發。然而，這對夫妻偶爾還是擁有濃情蜜意的時光，但這些時光往往稍縱即逝，好似這對夫妻暫時依附的島嶼，不久他們又落入心懷仇恨、相互疏遠的汪洋大海中。假若伊凡・伊里奇認為這一切不該如此，這般疏離也許會使他痛心，但他現在已承認這種情形不僅正常，同時也是自己在家中的主要目標。他的目標就是使自己離種種不愉快愈來愈遠，然後讓自己看起來毫無威脅、文質彬彬；他藉由一再減少與家人相處，來達成此目標；若他不得不與家人相處，他便盡力確保自己扮演局外人的角色。這主要是因為伊凡・伊里奇有職務在身。他生活的樂趣全都聚集在工作上，且這份樂趣已將他吞噬。他一意識到自己的權力，意識到自己擁有想殺誰便殺誰的機會，意識到在上法庭和會見下屬時，別人對他哪怕只是表面上的重視，意識到自己在上司和下屬眼前的成就，更重要的是意識到自己處理事情的純熟技巧，就讓他感到愉快，而上述種種，再加上與同事間的談話、用餐及打牌時光，填滿了他的生活。總之，伊凡・伊里奇就繼續如他所願——愉快又體面地——過著生活。

他就這樣過了七年。大女兒已經十六歲，又有一個孩子夭折，只剩下一個就讀中學的兒子，而他正是造成家庭糾紛的主因。伊凡・伊里奇想把他送去法學院，但普拉斯科維雅・費德羅夫娜刻意將他送去就讀一般中學。女兒在家學習，頗有長進，兒子也學得不錯。

Chapter 03

伊凡・伊里奇婚後就這樣過了十七年。他已是一位老檢察官，婉拒了幾個調職的機會，期待著理想的職位，然而此時突然令人發生了一件不愉快的事，破壞了伊凡・伊里奇原有的平靜生活。伊凡・伊里奇一直等著大學城主席一職，戈普佩卻搶先一步獲得這個職位。伊凡・伊里奇大發雷霆，出言指責他，還與他和自己親近的上級吵了一架；所以大家開始對他冷淡，就連下一個任命也直接跳過他。

這一年是一八八〇年。這年是伊凡・伊里奇人生中最沉重的一年。這一年，一方面薪俸不足以負荷生活開銷，另一方面，所有人都把他忘在一邊，這件事在他眼中既殘酷又不公平，別人則覺得沒什麼大不了。連他的父親都覺得沒有義務幫助他。伊凡・伊里奇覺得所有人都拋棄了他，且他們認為他的地位和三千五的薪俸非常正常，甚至可以說是很幸福了。他只知道，就是他的狀況——他所受的這般不公平對待、妻子永無止境的嘮叨埋怨，以及因超支所欠下的債——非常不正常。

這年夏天為了減輕財務負擔，他休假和妻子到住在鄉下的內兄那裡去。

在鄉下，伊凡・伊里奇第一次感受到，不工作時不僅無趣，還無法排解煩悶，他便下定決心，不能再這樣生活下去，必須要找到解決辦法。

伊凡・伊里奇徹夜未眠，在露臺上來回踱步，決定要到彼得堡去闖闖，並轉職到另一個部會，好好懲罰那些有眼不識泰山的人。

隔天，他不顧妻子與內兄勸阻，支身前往彼得堡。

他去那裡，是為了討一個薪俸五千的職位。他已不堅持要到哪一個部會、哪一派別或哪一種產業，他需要的是一個職位，一個薪俸五千的職位，行政也好，銀行也好，鐵路局也好，瑪莉亞皇后職掌的機關也好，甚至海關也行，但就是一定要五千，一定要離開那個不懂得知人善任的部會。

而這趟旅程，為伊凡・伊里奇帶來令人目瞪口呆、出乎意料的成功。伊凡・伊里奇的舊識F・S・伊利英在庫斯克[19]也上了頭等車廂，他說庫斯克省長收到的最新電報指出，這幾天在部裡即將有大調動：彼得・伊凡諾維奇的職位將由伊凡・謝梅諾維奇接任。

這項推測的人事調動，除了對俄羅斯本身具有意義之外，對伊凡・伊里奇也有特殊意涵，隨著新面孔彼得・彼得洛維奇的晉升，他的朋友扎哈爾・伊凡諾維奇顯然也會升職，

19 譯注：庫斯克（俄語：Курск），位於莫斯科西南方的城市。

這對伊凡．伊里奇十分有利。扎哈爾．伊凡諾維奇是伊凡．伊里奇的同窗好友。

這個消息在莫斯科得到證實。伊凡．伊里奇到了彼得堡，去找了扎哈爾．伊凡諾維奇，他答應在先前任職的司法部為伊凡．伊里奇留個可靠的職位。

一星期後，伊凡．伊里奇寫信給妻子：

「扎哈爾接任米勒列爾的職位後的第一份公文就會讓我得到任命。」

幸虧這次的人事調動，伊凡．伊里奇意外在先前任職的部會獲得了任命，使他比以前的同事還高了兩個職等：薪俸五千，外加職務轉調差旅津貼三千五百盧布。伊凡．伊里奇把對先前敵人和部會的不愉快全都忘得一乾二淨，他幸福極了。

伊凡．伊里奇高興滿足地從鄉下回來，他很久沒有這樣滿足愉快了。普拉斯科維雅．費德羅夫娜也眉開眼笑，他們停戰了。伊凡．伊里奇描述大家在彼得堡如何向他道賀，他所有敵人在他面前怎樣卑躬屈膝、嫉妒他的地位，還特別說到他在彼得堡怎樣備受愛戴。

普拉斯科維雅．費德羅夫娜聽完這些，一副深信不疑的樣子，沒有任何反駁，只對搬到該城市後的生活做了些新的規畫。伊凡・伊里奇相當樂見妻子的規畫與自己的規畫不謀而合，他顛沛流離的生活再次回復原本愉快又體面的風貌。

伊凡・伊里奇回來後只待了一段很短的時間，九月十日他就要赴任，此外，他還需要在新的地方安頓，將所有東西從省城搬遷出去，添購物品，交辦許多事項；一言以蔽之，一切都將按他所想的進行，就和普拉斯科維雅・費德羅夫娜想的幾乎一模一樣。

如今他和妻子的目標都順利達成，此外，在一起的時間也比較少，因此他們相處和睦，就連新婚前幾年也不曾像現在這般契合。伊凡・伊里奇原本想馬上帶家人一起去上任，但突然和伊凡・伊里奇一家親近起來的妹妹和妹夫，卻堅持伊凡・伊里奇獨自前往。

伊凡・伊里奇出發了。因著此番的好運、與妻子關係轉為和睦，一路上心情愉悅。他找到一間幽雅的寓所，剛好和他們夫妻倆夢想中的房子一模一樣。寬敞、高挑、古典的客廳，寬大舒適的書房，妻女的房間，以及兒子的自修室——一切就像是為他們量身打造的。伊凡・伊里奇親自布置擺設、挑選壁布、購置家具(特別是古董家具，因為他認為古董家具有一種特別高貴典雅的氣息)、選購沙發套，一切愈來愈齊全，愈來愈接近他的理想。當他安頓好大半時，他的布置就已超乎他的想像，他了解到一切安頓好之後，將會是多麼高貴、典雅、脫俗。睡前他想著，大廳布置好後會是什麼樣子。看了看尚未布置好的客廳，他彷彿已經看見壁爐、隔熱板、書架、零零散散的小凳子、玻璃和銅製的盤子，都已擺在該擺的位子。他一想到能讓跟自己一樣有品味的帕莎[20]和麗贊卡[21]大吃一驚，就覺得愉快，她們一定想不到會有這樣美妙的布置。尤其是，他順利搜刮到一些便宜卻又高貴的古董。他在信中特意寫得比實際還差，為的就是要給她們一個驚喜。這一切出乎意料占據了他的心思，就連他的新職務也難以匹敵。開庭時，他心不在焉想著：窗簾架要直角的好，還是彎角的好？他實在太醉心於這些事物，以致常常花太多時間在重新擺設家具，和重新掛上窗簾。有次他爬上梯子，想告訴不懂他意思的裝潢工人他想要怎麼掛放，結果一個失足跌了下來，但他立刻站穩，就像強壯敏捷的人那樣，只有側腰撞到窗戶的拉桿，撞傷的地方一下就好了。伊凡・伊里奇此時覺得自己心情特別愉快，也特別健康。他寫道：我好像又回到了十五年前。他原先預計要在九月完成布置，但一直拖到了十月中。儘管時間不如預期，新家仍然布置得非常漂亮——不是只有他這麼認為，所有見到的人都這樣跟他說。

20　譯注：妻子普拉斯科維雅的小名。
21　譯注：女兒麗莎的小名。

事實上，他就像那些實際上不是那麼富裕，卻又想像有錢人一樣的人們，這類人家中的擺設都十分相似：窗簾、黑檀木、鮮花、地毯和銅器，有明有暗——這些都是名人家中的擺設，就跟所有名門望族家中的擺設一樣。伊凡．伊里奇家中的擺設也是如此，相似到不得不引人注目，但在他心中卻是獨一無二。他到車站迎接家人，把他們接到自己布置完成、窗明几淨的寓所，打著白色領結的僕人推開那扇大門，領他們來到擺滿鮮花的前廳，接著帶他們走進客廳和書房。伊凡．伊里奇聽見家人愉快的驚歎聲，感到無比幸福，他領著他們四處參觀，享受著他們的讚美，整個人容光煥發。這天晚上喝茶的時候，普拉斯科維雅．費德羅夫娜問丈夫是怎麼跌倒的，伊凡．伊里奇大笑，還做出裝潢工人看到他跌下時驚恐的表情。

「我不愧是運動健將！要是別人早就摔死了，我只有一點點撞傷；按壓還是會有點痛，但已經快好了，只是瘀青而已。」

他們在新房住了下來，儘管住久了總是會覺得房間少一間；收入增加了，卻總是有點不夠用——就差個五百盧布，但一切都很美好。剛開始的那段時間特別美好，當一切尚未完全安頓好、尚有不足時，就去購買、訂製、重新布置、調整。儘管夫妻間偶爾會意見相左，但雙方都對生活很滿意，且要處理的事情很多，所以沒有什麼太大的爭執。當一切都安頓好時，便開始有點無聊，好像缺了什麼似的，但這時，他們又開始認識新朋友，養成了新的習慣，生活過得很充實。

伊凡・伊里奇早上到法院上班，中午回家吃午餐。起初他心情愉快，儘管新家讓他不適（餐巾、錦緞上的汙漬，以及窗簾上斷裂的繩子都使他煩躁：他為這些擺設付出了許多心力，使他絲毫無法忍受任何破壞）。但總而言之，伊凡・伊里奇生活的進展正如他所願：輕鬆、愉快、體面。他九點起床，喝杯咖啡，看看報紙，然後穿上那身文官制服，前往法院。在那兒，他已對他的工作駕輕就熟——申訴人、辦公室文件、辦公室本身、法庭的公審和預審，他很快就進入狀況。在處理事務時，必須要排除一切會影響公務正常運作的生活雜務：不許與人建立任何工作以外的關係，產生關係的理由也只許與工作相關，且關係的本身也只能與工作相關。例如，來了一個人，他想要知道些事。伊凡・伊里奇若不是負責相關事務的人，他就與這人沒有關係；假若這人與高等法院的審判法官有關係，且這等關係能夠下一個標題載入公文裡，伊凡・伊里奇就必須在職權範圍內盡他所能處理這事，還要與此人維持謙恭有禮的友善關係。工作上的關係結束後，附帶的一切也隨之結束。伊凡・

伊里奇懂得區分工作與生活，不相混淆，他在這方面長期的實踐以及他的才能，已使他達到最高境界，他甚至能夠像是一位能手，有時以開玩笑的方式混淆公事和私事。他會這麼做，是因為他一直遊刃有餘，必要時，他可以回到公事公辦，斷絕一切私人情誼。這件事對伊凡·伊里奇而言，不但容易、愉快、體面，甚至已經駕輕就熟。中間休息時間他會抽抽菸，喝杯茶，稍微談點政治、公共事務和打牌的事，不過大部分時間都在談工作。雖然累，他卻像樂隊裡技藝高超的首席小提琴手，清晰演奏完自己的那一部分後，回到了家。回到家裡，妻女有時作客去了或是正在接待客人；兒子還在中學裡由家教老師指導，複習學校裡教的功課。一切都很美好。午餐後，如果沒有客人來訪，伊凡·伊里奇有時會讀一讀大家都在談論的書，晚上他會坐在桌前處理工作事務，也就是看看公文，查查法典——核對證詞和引用法條。這個工作對他而言不無趣，但也不是什麼樂事。然而，有機會可以打牌時，這項工作便顯得無趣；如果有機會打牌，有這件事可做，總比在家一個人待著或是面對妻子還好些。伊凡·伊里奇也喜歡邀請上流社會的女士和男士們一起享用簡單的午餐，這些人平時也是這樣消磨時間，且他家的客廳也和這些人家裡客廳的擺設相似。

有一次甚至在他們家辦了一場晚會，大家一同跳舞。伊凡·伊里奇甚是愉快，一切都很美好，除了後來因蛋糕和糖果跟妻子大吵一架：普拉斯科維雅・費德羅夫娜有自己的規畫，而伊凡・伊里奇卻堅持要向很貴的糖果商人購買所有的糖，還買了很多蛋糕。他們會起爭執，是因為蛋糕後來剩很多，而糖果一共買了四十五盧布。這次爭執很劇烈、很不愉快，以至於普拉斯科維雅・費德羅夫娜罵他說：「蠢貨，牢騷鬼！」而且他搔著自己的腦袋，不知怎地火冒三丈地提到了離婚。然而晚會本身是愉快的，參加者都是社會高層，而且伊凡・伊里奇還跟特魯福諾娃公爵夫人跳了舞，她的姊姊就是「解憂會」[22]的發起人。工作上的喜悅來自於自尊心；交際上的愉快來自於虛榮心，但是伊凡・伊里奇目前的快樂則是源自惠斯特牌。經歷生活中各種不愉快的事件之後，他承認，快樂就像一根蠟燭，會照亮所有人——與好的牌友和不愛喧鬧的夥伴一起玩牌，一定要四個人一組（五人一組就很難贏，儘管必須裝成一副「我很喜歡五個人玩」的樣子），要玩得機智嚴肅（出牌時），最後一起吃晚餐、喝杯葡萄酒。打完牌，尤其是在小贏之後去睡覺（大贏——反而不愉快），伊凡・伊里奇會覺得通體舒暢。

22 俄文版注：名稱仿照慈善團體、帶有嘲諷意味之社團，一八八〇年代的俄羅斯有很多類似的團體。

他們就這樣生活著，身旁盡是社會中最傑出的人士，來往的都是達官顯要和年輕人。

在結交男性友人這方面，妻子與女兒的看法不約而同，她們一一剔除三教九流、親戚和衣衫不整之人，這些人常常闖進那牆上掛著日本瓷盤的客廳，在那兒嬌聲嗲氣。很快地，這些衣衫不整之人就不再接近她們，而戈洛溫一家人身邊都是些社會中的傑出人士。

青年男子都來追求麗贊卡，而佩特里謝夫（德米特里．伊凡諾維奇．佩特里謝夫的兒子、他財產的唯一繼承人）也開始追求麗贊卡。伊凡．伊里奇已和普拉斯科維雅．費德羅夫娜討論過：是否替他們安排馬車出去兜兜風，或是去看場戲。他們就過著這樣的生活，一直沒有改變，且一切甚是美好。

Chapter 04

大家都很健康。儘管伊凡・伊里奇有時會說他口中有奇怪的味道，還有肚子左方不舒服，但還不能說他不健康。

然而他不舒服的情形逐漸加劇，還不算疼痛，但經常感到側腰不適，心情也不好過。他的情緒一天比一天差，並且開始破壞戈洛溫一家建立的簡單快樂又體面的生活。夫妻兩人愈來愈常吵架，原本的輕鬆和快樂很快就消逝了，體面的生活也愈來愈難維持。爭執愈來愈頻繁，又僅剩下一群小島——夫妻能夠不爭執和睦相處的情況——這些小島也愈來愈少了。

而普拉斯科維雅・費德羅夫娜現在說丈夫很難相處，也不是沒有根據了。她習慣誇大其詞，她說他的個性一向都那麼糟糕，自己就是太善良，才能忍受他二十年。現在的爭吵的確都是因他而起。伊凡・伊里奇的吹毛求疵每次都從午餐開始發作，而且往往是從喝湯的時候開始。有時是發現哪個餐具損壞了，有時是飯菜不合胃口，有時是兒子把手肘放在桌子上，有時是女兒的髮型不合時宜。他把所有事都怪罪到普拉斯科維雅・費德羅夫娜的頭上。普拉斯科維雅・費德羅夫娜一開始會反駁，然後對他說些不悅耳的話，但他兩次在午飯開動時大發雷霆，她才明白這已是一種病態，往往在他進食期間發作，於是她克制自己不回嘴，而是加快吃午飯的速度。普拉斯科維雅·費德羅夫娜的忍讓，產生了很大的作用。當她判定丈夫的性格惡劣，且造成她一生不幸時，便開始自憐自艾。她愈是自憐自艾，就愈憎恨丈夫。她開始希望他早點死去，但又不能這樣期望，因為如此一來就不會有薪俸收入。這又激發她對他的反抗。她認為自己極度不幸，就連丈夫的死也無法拯救她。她一面生氣，又一面隱藏憤怒，而這份隱藏的憤怒又加深了伊凡·伊里奇的憤怒。

一次爭吵中，伊凡·伊里奇覺得自己很冤枉，吵完架後他解釋道，他的確易怒，可是，是因為生病的緣故。妻子則告訴他，如果病了，就該去治療，並要求他去找名醫。

他去了。一切就像他預料的一樣；一切都如常發生的那樣。等候看診、醫生的裝腔作勢，他都非常熟悉，就和法院裡的情況一樣，一下這裡敲敲，一會兒那裡聽聽，一會兒又要求病人給出一些既定、明顯多餘的答案，擺出一副「您（的病情）在我們掌控之中、我們會處理——我們對於該做什麼都清楚明白且毫無疑問」的架勢，對每個人的處理方式都一樣。這一切都和法院裡一模一樣。他怎樣在法庭的被告面前裝模作樣，這位名醫也是如此在他面前裝模作樣。

醫生說：這些情形指出，您體內有這些狀況，但若未經化驗出的結果證實，則需推測是這部分出了問題。若推測是這部分出了問題，則如何如何。伊凡・伊里奇最關心的問題只有一個：他的情況危不危險？醫生卻對這個不恰當的問題不理不睬，就醫生立場而言，這個問題毫無意義，不需要進一步討論。只有腎移位、慢性黏膜炎和盲腸炎的機率問題，沒什麼攸關伊凡・伊里奇生命的問題；只有到底是腎移位，還是盲腸炎的爭議。而這爭議在伊凡・伊里奇眼裡，醫生已經成功下定論是盲腸炎，只是語帶保留說，尿液化驗可能會有新的結果，到時候就要再進一步檢查。這一切就跟伊凡・伊里奇自己在被告面前所做不下千次的那種方式一模一樣。醫生順利寫好了病歷，看起來甚至得意洋洋，他抬頭透過眼鏡看了這個被告一眼。伊凡・伊里奇從醫生的病歷紀錄得出一個結論，情況不太樂觀，這對他這位醫生，或者說，也許對所有人而言都無所謂，但對他而言卻很糟糕。而這個結論給了伊凡・伊里奇痛苦的一擊，激起了他強烈自憐的情緒，更對這位不把如此重要問題當一回事的醫生充滿怨恨。

但他什麼也沒說，只是起身把錢放在桌上，歎了口氣說：

「我們病人大概常問些不恰當的問題，」他說：「總的來說，這病有沒有什麼危險性？」

醫生嚴肅地用一隻眼睛透過眼鏡看了看他，彷彿在說：被告，如果您的答覆繼續超出問題的範圍，我將不得已下令將您逐出法庭。

「我已經把該做的都告訴您了，」醫生說：「其他就等化驗結果。」然後鞠了個躬。

伊凡．伊里奇慢慢走了出來，沮喪地坐上雪橇，回家去了。一路上他不斷回想醫生所說的每一句話，盡可能將那些紊亂不清的醫學術語翻譯成淺顯易懂的字眼，並自問自答說道：不太好——我的狀況很糟，還是現在還沒關係？他覺得，醫生的意思是非常糟。街上的一切在伊凡．伊里奇眼中看起來都很淒涼。車夫看起來很淒涼、房屋是淒涼的、行人是淒涼的、店鋪也是淒涼的。痛楚隱隱約約，一秒也不停歇、疼痛難耐，疼痛似乎因醫生一席令人費解的話，而有了另一層更重大的意義，伊凡．伊里奇如今帶著一種新的沉重心情注視著這份疼痛。

他回到家，開始向妻子敘述情況。妻子仔細聆聽著，但他說到一半，女兒便戴著帽子走了進來：她正準備跟母親出門去。她坐了下來，努力聽著這無趣的話題，但過不了多久她便耐不住性子，沒讓母親把話聽完。

「好吧，我很高興，」妻子說：「看看你，現在就乖乖吃藥。把處方箋給我，我這就派格拉西姆去藥房。」說完便走去換衣服。

當妻子還在房間裡，他一口氣也沒換，等她走出房門後，他才深深吸了一口氣。

「那好，」他說：「也許，確實還沒什麼大不了……」

他開始遵照依尿液化驗結果調整後的醫囑服藥。然而，依據之後的症狀來看，本次化驗結果竟擺了個大烏龍。這不能怪醫生，可是結果出現的症狀和醫生對他說的完全不同。要不就是醫生忘了，或是醫生欺騙了他，或者向他隱瞞了什麼。

但是伊凡・伊里奇仍然遵照醫囑，並在遵照醫囑的初期找到了安慰。

伊凡・伊里奇看過醫生之後，對他而言，最重要的事是確實遵照醫生指示，注意衛生習慣及按時服藥，並仔細注意自己的病症和器官的狀況。現在，研究人們的疾病和健康成為他最大的興趣。當人們在他面前提到病人、死人、康復的人，尤其是提到和他相同的病症時，他都會盡量隱藏自己不安的情緒，留心聆聽，仔細詢問，並且評估自己的病情。

疼痛沒有減輕，但伊凡・伊里奇努力相信自己會好轉。當他沒事煩心時，他還可以欺騙自己，但只要一與妻子發生不愉快、工作不順遂、打牌手氣很差時，他便立刻感受到強烈的疼痛；他曾經捱過這些不幸，心中期待著：看我就快要改善這不好的情況了，我會克服、等到成功、全贏。如今，所有的不幸都使他沮喪並陷入絕望。他告訴自己：我才剛要開始恢復，藥已經開始起作用，這該死的倒楣事或麻煩事就立刻找上門……接著他就會對這件不幸事，或使他不愉快或是贏他的人生氣，並且覺得這份怨恨幾乎置他於死地；但他卻無法抑制它。他看似應明白他這份對環境和人的憤怒，正在逐漸加重他的病情，所以他不應集中注意力在那些令人不愉快的偶發事件上；然而，他卻做出與此完全相反的推論：他表示他需要平靜，並留心破壞這份平靜的一切，任何對這份平靜微小的破壞都能使他盛怒。他的情況愈來愈糟，因此他閱讀醫學書籍，向醫師諮詢。他的病情是一點一滴緩慢惡化的——和前一天相比，差距不大，以致他可以欺騙自己。只有當他去看病的時候，他才發覺情況惡化得非常迅速。即便如此，他仍舊經常去看病。

這個月他到另一位名醫那兒去：這位名醫說的，和第一位醫生一樣，只是問題的問法不同。而這位名醫的建議只加深了伊凡・伊里奇的懷疑和恐懼而已。他友人的朋友（一位很好的醫生）所診斷出的病卻完全不同，即便如此，還保證他會康復，他的問題和建議使伊凡・伊里奇更糊塗，也加深了他的疑惑。一位順勢療法[23]的醫生又診斷出另一種結果，

23 譯注：一種替代療法，為十八世紀德國醫師山姆・赫尼曼（Christian Friedrich Samuel Hahnemann）所創，該療法認為某物質會在健康的人身上引起病症，將該物質稀釋後，病症就能獲得治療；後遭科學界否定。

還開了藥，伊凡・伊里奇瞞著所有人服用了一星期；但一星期過後，他的症狀沒有減輕，還對這次的治療以及先前所有的治療都失去了信心，更加灰心喪志。有一次，一位女性友人聊到了聖像治病的神蹟，伊凡・伊里奇發現自己非常專心地聆聽，還信以為真。這件事把他給嚇壞了。「難道我智力減退了？」他對自己說：「都是些胡說八道！都是些無稽之談，別再疑神疑鬼了，就選一位醫生，認真遵照他的指示治療。就這麼辦。現在一切都結束了。我不再多想了，夏天前我要認真治病。從現在起不再猶豫不決！」說起來容易，要做到卻很難。側腰的疼痛繼續折磨著他，似乎不斷加劇，已成為經常性，嘴巴裡的味道愈來愈奇怪，他覺得嘴裡有股噁心的味道，所以胃口變差，也沒什麼力氣。不該騙自己的：伊凡・伊里奇身上發生了一件嶄新、可怕、在他生命中前所未有重大的事。這事只有他一個人知道，周圍的所有人都不明白，或不想明白，仍舊認為世上的一切還是和以前一樣。這尤其讓伊凡・伊里奇感到痛苦。家裡的人——最重要的妻子和女兒正忙著出門作客——他看見他們什麼都不明白，還抱怨他憂鬱又苛刻，彷彿一切都是他的錯。儘管他們盡力隱瞞此事，但伊凡・伊里奇看得出來，對他們來說自己已是個絆腳石，然而，妻子明白他病的影響，所以不管他說了什麼或做了什麼，她都繼續忍著。她的態度是這樣的：

「您知道，」她對認識的人說：「伊凡．伊里奇不願像其他人一樣乖乖治療。今天他服用醫師所指示的滴劑，並且按時躺下睡覺；明天我一不注意，突然就忘了吃藥，吃起鱘魚肉（醫生說不能吃），坐下打牌，一直玩到半夜一點。」

「喏，什麼時候？」伊凡．伊里奇惱火地說：「不就只是那回在彼得．伊凡諾維奇家嘛。」

「昨天跟舍別克也是。」

「反正我也痛得睡不著……」

「不管怎樣你都有藉口，只怕你是永遠也不會康復，要一直這樣折磨我們了。」

表面上，普拉斯科維雅．費德羅夫娜在眾人和他面前說話時，對病情的態度就是如此：這病是伊凡．伊里奇自己造成的，且疾病本身就是他給妻子新添的不愉快。伊凡．伊里奇覺得她是無心的，但他並沒有因此而比較好受。

在法庭上，伊凡．伊里奇發現——或者，他以為自己發現了別人對他的奇怪態度：有時他覺得別人看他，好像在看一位即將讓出空缺的人；有時他的朋友突然開始親切地拿他的疑心病開玩笑，彷彿這個出現在他身上令人戰兢恐懼、驚世駭俗、持續折磨他、硬是要把他拖去某處的東西，是最好的笑料。尤其是幽默活潑、文質彬彬的施瓦爾茨，更是令伊凡・伊里奇惱怒，因這讓他想起了十年前的自己。

朋友來打牌，大家圍桌而坐。洗牌、出牌，並打出了方塊接方塊，一連七張方塊。隊友說：沒有王牌，接著出了兩張方塊。還有什麼比這更開心的事？是個全贏——本該感到興奮愉悅。但伊凡・伊里奇突然感到隱隱的痛楚、口裡的怪味，因此對於自己居然為了個全贏而高興，讓他覺得荒謬至極。

他看著隊友米哈伊爾・米海洛維奇，他用紅潤的雙手拍著桌子，然後彬彬有禮且慷慨地讓出手中的牌，並將它們推到伊凡・伊里奇面前，好讓他愉快地、不費力也不用伸長手就可以將牌收走。「他該不會是在想，我虛弱到無法將手伸長了吧？」伊凡・伊里奇想著，便忘了王牌，誤出王牌害了自己的隊友，以三分之差輸掉了全贏，而且最糟的是——他看著米哈伊爾・米海洛維奇失望透頂的表情，卻覺得事不關己。他一想到自己為何感到事不關己，就覺得可怕。

所有人都看到他人不舒服，就對他說：「如果您累了，我們可以停下來。您休息休息。」休息？不，他一點也不累，於是他們打完一場決勝局。所有人都悶悶不樂、沉默不語。伊凡・伊里奇感覺到，他把那股陰沉的氣氛傳染給他們了，而且無法驅散。他們吃飽飯就各自離開了，剩下伊凡．伊里奇獨自思索著，他的生活被毒害了，而且他還毒害了其他人的生活，且這份毒性並不會減弱，而是逐漸穿透他的全身。

他在床上想著這件事，心理上的折磨和恐懼，加上疼痛令他常常徹夜無法入眠。即便這樣，隔天早晨他仍起床更衣，前往法庭，說話，書寫，如果他不去法院，就得在家裡待二十四小時，每分每秒對他而言都是折磨。他就這樣獨自生活在死亡邊緣，身邊連個了解他、同情他的人都沒有。

Chapter 05

就這樣過了兩個月。過年前，伊凡・伊里奇的內兄到了他們住的城裡，住在他們家。伊凡・伊里奇人在法院。普拉斯科維雅・費德羅夫娜出門買東西去了。伊凡・伊里奇回到家，走進書房，遇到了健康活潑、正在安置行李的內兄。他一聽到伊凡・伊里奇的腳步聲，便抬起頭來，沉默地看了他一秒鐘。他的眼神向伊凡・伊里奇說明了一切。內兄張大了嘴，原想驚呼一聲，但忍了下來。這樣的舉動證明了一切。

「怎麼，我變了很多嗎？」

「是的……有改變。」

內兄說完這話後，只要伊凡・伊里奇聊到與外表有關的話題，內兄就避而不談。普拉斯科維雅・費德羅夫娜回來了，內兄跑去找她。伊凡・伊里奇用鑰匙鎖上門，開始照鏡子——正面，然後側面。他拿了自己和妻子的肖像畫來，和鏡中所看到的做比較。變化非常大。然後他又將袖子捲至手肘，看了看，接著放下袖子，坐到沙發上，夜色愈來愈暗。

「不行、不行。」他對自己說，便一躍而起，走到桌邊，打開公文，開始閱讀，卻讀不下去。他打開門，走進大廳。往客廳的門是關著的。他躡手躡腳走到門邊，開始偷聽。

「不，你太誇大其詞了。」普拉斯科維雅・費德羅夫娜說。

「怎麼會誇大？你難道看不出來嗎？他已是個死人，你看看他的眼睛，兩眼無光。他到底發生了什麼事？」

「沒有人知道。尼科拉耶夫（這是另一位醫生）說是某種病，但我不知道是什麼。列謝季茨基（這是位名醫）說的正好相反……」

伊凡．伊里奇離開門邊，回到自己的房間，躺下後開始想：「腎臟、腎移位。」他想起醫生對他說，腎臟如何脫落而游離。他努力想像要如何捉住這顆腎，讓它停下來、把它固定；他覺得這個要求並不大。「不，我要去找彼得．伊凡諾維奇。」（就是那位有醫生朋友的友人）他打了電話，命人備馬，準備出發。

「你要去哪，Jean[24]？」妻子臉上帶著特別憂傷、難得友善的表情問道。

這種難得的友善使他憤怒。他陰沉地看著她。

「我得去彼得．伊凡諾維奇那兒一趟。」

他前往那位朋友是醫生的友人家，然後同他一起去醫生那兒。他見到醫生，與他談了

24 譯注：伊凡這個名字的法文。

許久。

醫生從生理學和解剖學的角度分析他體內的狀況後，他明白了一切。

有一小塊東西，盲腸裡小小的一塊。但一切都能治癒的。只要加強一個器官的能量，削弱另一個器官的活動力，然後就會產生吸收作用，一切就能康復了。午飯時他遲到了一下。吃完午飯，他開心地聊了一下天，但不能聊太久，因為他必須回到自己的書房處理事情。最後他走向書房，便立刻坐下辦公。他讀了讀公文，工作了一下，但他想到有件拖了很久、一直讓他心煩的重要事情，正等著他忙完後處理。當他完成手邊的事，他想起這件心事與盲腸有關。然而他沒有開始想這件事，就先到客廳喝茶去了。有客人來訪，他們聊了聊天，彈了彈鋼琴，唱了唱歌；來訪的人是一位檢察事務官，是女兒心儀的對象。在普拉斯科維雅・費德羅夫娜看來，伊凡・伊里奇度過了比所有人都還愉快的夜晚，但他一秒也沒有忘記關於盲腸的那個重要思緒。十一點的時候，他辭別了大家，回到自己的房間。從他生病以後，他就自己一個人睡在書房旁的小房間。他換了衣服，拿了一本左拉[25]的長

25　譯注：埃米爾・左拉（Émile Zola，1840-1902），十九世紀法國最重要的作家之一，為自然文學主義的代表。

篇小說，他沒有讀，而是在思考。他腦中浮現盲腸治好的情景？吸收了、排出了，機能正常了。「對，就是這樣，」他自言自語道：「只是必須協助自然法則罷了。」他想起了藥還沒吃，便起身去吃藥，然後躺下，仔細感覺藥物如何起作用，如何消除疼痛。「只要按時吃藥，避免一些有害的影響；現在我已經覺得有好一點，好很多。」他開始摸摸側腰——摸的時候並不會痛。「對，我沒有感覺到，但事實上，已經好很多了。」他熄了蠟燭，然後側臥……盲腸正在修復、吸收。突然間，他又感受到原先那股熟悉的、隱隱的痠痛，疼痛一直接連不斷，雖不劇烈但程度仍然嚴重。嘴裡又是那股熟悉的怪味。心臟也開始痛，頭開始發暈。「我的天啊，我的天啊！」他說道。「又來了，又來了，永遠都是這樣。」突然間，他想到事情的另一面。「盲腸！腎，」他對自己說：「無關乎盲腸，也無關乎腎，而是攸關生……和死。對，生命存在，但現在要離去了，正在離去，我卻沒有辦法抓住它。對。我幹嘛欺騙自己？難道除了我之外，大家不都很清楚我快要死了嗎？這只是時間的問題，也許幾週、幾天以後——說不定就是現在。光曾存在過，但現在黑暗來臨。我在這兒存在過，現在就要去那裡了！是哪裡呢？」一股寒意向他襲來，呼吸也停了。他只聽到心臟的跳動聲。

「我不在了，那還有什麼呢？什麼也沒有。那麼當我不在時，我又會在哪裡呢？難道是死亡嗎？不，我不想死。」他跳起來，想要點燃蠟燭，他用顫抖的雙手摸索了一陣，將蠟燭連同燭臺打翻在地上，又向前栽了一跤到枕頭上。「何必呢？無所謂，」他在黑暗中睜著雙眼，自言自語說道：「死亡。是，死亡。而他們誰都不知道，也都不想知道，不心疼。他們在玩牌。（他聽到遠方，門後方，有斷斷續續的說話聲，還有演奏的聲音。）他們都無所謂，但他們也有一死。這些蠢貨。只是我比較早些，他們比較晚些；死亡一樣會臨到他們。他們還在高興快活。這些畜牲！」一股憤怒摧殘著他。他開始苦不堪言，難受得無法忍受。不是所有人都注定要遭受到這種恐懼吧。他爬了起來。

「怎麼搞的？我必須平靜下來，應該要先好好思考。」所以他開始思考：「對，想想病情的開始。撞到了側腰，但我還是老樣子，今天這樣，明天也是這樣；開始有些疼痛，然後愈來愈痛就去看醫生，再來因沮喪煩悶又去看了醫生；我就這樣一步一步走向深淵，愈來愈無力，離死亡愈來愈近。直到現在我憔悴不堪，眼神無光。然後死亡臨到，而我還在這裡想著什麼盲腸，想著醫好盲腸，這可是死亡啊。這難道是死亡嗎？」恐懼再次臨到他，他喘不過氣來，彎下腰，開始找火柴，手肘撞到了小櫃子。櫃子擋住了他的去路，又使他疼痛不堪，他對著櫃子大發雷霆，火大地又推了一下，把櫃子給推倒了。他氣喘吁吁，在絕望中倒下，等著死亡即刻來臨。

這時客人正要離開，普拉斯科維雅·費德羅夫娜正在送客，聽到了聲響，便走了進來。

「你怎麼了？」

「沒事。不小心撞翻了櫃子。」

她走出去拿了蠟燭進來。他不舒服地躺著，呼吸急促，像是剛跑完一俄里[26]的人，雙眼盯著她。

「你怎麼了，Jean？」

「沒……沒什麼。撞倒了……」他心想：「我說什麼她都不會明白。」

她的確不明白。她起身熄了蠟燭，便匆匆離開：她還要去送客。

當她再次回來時，他仍然平躺著，眼睛看著上方。

「你怎麼了，病情加重了嗎？」

「是的。」

26 譯注：一俄里，相當於一·六公里。

她搖搖頭，坐下。

「你知道嗎，Jean，我在想要不要邀列謝季茨基來家裡一趟。」

她指的是邀請那位名醫，別在乎花多少錢。他惡毒地笑了一下，說：「不用了。」她坐了一下，走到他面前，親了一下他的額頭。

當她親吻他的時候，他打從心底恨透了她，努力忍著不推開她。

「再見。上帝會保佑你入睡的。」

「好的。」

Chapter 06

伊凡・伊里奇看到自己快要病死了，便陷入絕望。

伊凡・伊里奇內心深處知道，自己即將死去，但他不僅對此無法接受，也不理解，並怎樣也無法理解這事。

他學習凱斯維特邏輯學的直言三段論[27]時，學到的例子是：「凱撒是人，人會死亡，所以凱撒會死亡。」[28]對他來說，這輩子只有用在凱撒身上時是正確的，不會用在他身上。那是凱撒這個人，一般的人，所以是正確的；但他既不是凱撒、也不是一般人，他一直是完全、完全不同於別人的人；和父親、母親、米佳和沃洛佳[29]、玩具、車伕、保母，還有後來與卡堅卡[30]在一起時，他是凡尼亞[31]，有歡笑、有悲傷，有童年、青少年和青年的喜

27 俄文版注：凱斯維特（Johann Gottfried Karl Christian Kiesewetter, 1776-1819），德國哲學家，為康德（Immanuel Kant, 1724-1804）的追隨者及宣傳者，著書甚多，其中包含邏輯學教材，此教材被譯成俄文。書中講述直言三段論時，舉出以下例子做說明：「凱撒是人，人會死亡，所以凱撒會死亡。」

28 譯注：凱撒（Gaius Julius Caesar, 1000-44 BC），即蓋烏斯・尤利烏斯・凱撒，此段「凱撒」原文均用「蓋烏斯」，為方便閱讀，譯為讀者所熟悉的「凱撒」。

29 譯注：伊凡・伊里奇的兄弟二人的小名。

30 譯注：伊凡・伊里奇的妹妹——葉卡捷琳娜（俄語：Екатерина）的小名。

31 譯注：伊凡的小名。

悅。難道凱撒也和凡尼亞一樣喜愛條紋皮球的氣味？難道凱撒曾親吻過母親的手、把母親絲綢禮服的皺褶弄得沙沙作響？難道他曾在法學院為餡餅大發雷霆？難道凱撒曾深深墜入愛河？難道凱撒能夠主持開庭？

所以凱撒確實會死，他的死非常正確，但是對我，凡尼亞，這個有情感、有思想的伊凡·伊里奇——就是另一回事了。而且我不可能是該死的。這實在太殘酷了。

他這樣想。「如果我和凱撒一樣該死，那麼我應該心知肚明，心裡也會有聲音對我那麼說，但是類似的情況在我心裡都沒有發生；不只我，我的朋友也是——他們明白，這與凱撒的情況完全不同。現在怎麼會這樣？」他對自己說：「不可能，不可能，卻發生了。怎麼會這樣？這該如何明白？」

他無法理解，並且盡量拋開這個想法，把它當作虛假、不正確、病態的，並以其他正確健康的想法來取代。但是這個想法不只是個想法，彷彿是一件事實，一再浮現在他面前。

於是他一一召來其他想法好取代此想法，希望從中找到支持。他試著回到先前的思緒，想以此蓋過關於死亡的想法。但奇怪的是，先前那些能夠掩蓋、遮蔽、消除死亡念頭的一切，現在已經失去作用。近來伊凡·伊里奇大多都在嘗試恢復先前的感受，以便驅除死亡。

他這樣告訴自己：「我應該去辦公，我一直都是以此維生的。」於是他前去法庭，驅除心中一切的疑惑；和同事聊天，然後依他的老習慣心不在焉地坐下，若有所思看著人群，一雙消瘦的手放在橡木椅的扶手上，像平常一樣，向同事那兒探過身去，挪動一下公文，低聲交談幾句，然後就突然舉目觀看，正襟危坐，說幾句場面話，便開始辦公。但忽然間，他側腰的疼痛，不管辦公正進行到一半，便自個兒開始折磨他。伊凡．伊里奇一面注意著，一面驅散關於它的想法，但它卻自顧自地來到，而且就停留在他面前，注視著他，他愣住了，眼中的火光熄滅了，他又開始問自己：「難道只有它是真實的？」同事及下屬都驚訝擔心地看著他這位傑出精明的法官，現在變得顛三倒四、錯誤百出。他振作起來，盡可能冷靜下來，勉強主持到開庭結束，然後憂傷地回了家，他的審判工作已不能像以前一樣隱瞞他所想要隱瞞的事了；他已不能再用審判的工作來逃避它了。更糟糕的是，它吸引他並不是要他做些什麼，而是要他注視它，直視它的眼睛，什麼都不做地注視它，讓他受著無法言喻的折磨。

伊凡．伊里奇為了救自己脫離這種狀況，不斷尋求慰藉和其他屏障，而他找到了其他屏障，且這些屏障在短時間內似乎拯救了他。但與其說它們立刻被瓦解，還不如說它們顯現出它能夠穿透一切的能力，沒有任何東西能夠阻擋得了它。

最近這段時間，有幾次他走進自己所布置的客廳（到那他曾摔落的客廳，那間現在想起就覺得可笑的客廳）；為了布置這間客廳，他犧牲了這條命，因為他知道自己的病是由那次碰傷引起的。他走了進去，看見漆皮桌被什麼東西刮出了一道傷痕。他尋找刮傷的原因，發現是相簿上被弄彎的銅製裝飾造成的。他拿起自己曾滿懷愛意集結而成的珍貴相冊，感歎女兒及其友人的粗心——相冊裡有的照片被撕破了，有的放反了。他盡量整理好，扳回了彎曲的銅製裝飾。

然後，他突然想將這 établissement[32] 跟相冊一起擺到角落，放在鮮花旁。他呼喚僕人、女兒和妻子前來幫忙；他們不贊同，反對他這麼做，他反駁、生氣；但一切都安好，因為他沒有想到它，沒有看到它。

然而，妻子在他搬動物品時說：「拜託，讓其他人做吧，你又在做對自己有害的事了。」突然間，它透過屏障一閃而出，他看見了它。它一閃而出，而他還盼望著它會隱藏起來，

32 譯注：法語，「擺設、施工」。

他卻不自覺注意到自己的側身——疼痛還在，還是一樣隱隱作痛，他已經無法忘懷，而它從鮮花後方注視著他。這一切是為什麼？

「說實在，這裡，在這窗臺，我就像是遭受突擊，然後失去生命。難道就這樣？真是可怕！真是愚蠢！這不可能！不可能，但是發生了。」

他走去書房躺下，再次獨自與它共處。與它面對面，卻拿它一點辦法也沒有。只能注視著它，打著寒顫。

Chapter 07

伊凡・伊里奇第三個月的病情是如何形成的，很難說明白，因為這是一步一步、在不知不覺中形成的，他的妻子、女兒、兒子、僕人、朋友、醫生，以及他自己都知道，其他人只關心他到底還有多久才能騰出他的職位，還有多久才可以讓生者不用因他在場而感到拘束，以及他自己何時才能從痛苦中解脫。

他愈睡愈少；醫生開了鴉片給他，他也開始注射嗎啡。但這些都沒有減輕他的不適。他在半夢半醒之間所感受到的無聲苦悶，只有在一開始時讓他稍微好過一些，因為那是一種新的感覺，但後來它變得和直接的痛楚一樣，甚至更折磨人。

家人依醫生的處方為他準備特別的食物；但這些食物對他而言，愈來愈沒有味道，愈來愈令他反胃。

家人還為他準備了特殊裝置，供他排泄，每一次都是折磨。折磨是因為不潔、不體面、有臭味，而且還必須有人協助。

然而，在這件令他不快的事上，也有令伊凡・伊里奇欣慰的地方。廚工格拉西姆總是來伺候他。

格拉西姆是個整潔、面色紅潤、因城市飲食而長胖的年輕人。他總是愉快、開朗。伊凡・

伊里奇一開始覺得，讓這位身著俄式服裝、總是一身潔淨的人，來做這種不清潔事，有點不太好意思。

有一回，他從便盆上站起，卻沒有力氣穿褲子，倒在柔軟的安樂椅[33]上，恐懼地看著自己肌肉線條清晰、赤裸而無力的大腿。

格拉西姆踏著輕快有力的步伐，走了進來。他身穿乾淨的麻布圍裙和印花襯衫，袖子捲起，露出年輕有力的雙手；腳上套著厚重的靴子，身上散發著靴子焦油的愉悅氣味和冬日新鮮的空氣。他抑制著臉上散發的生命喜悅，並沒有看伊凡·伊里奇——顯然，他克制著，好讓自己不致侮辱病人的自尊——逕自朝便盆走去。

「格拉西姆。」伊凡·伊里奇虛弱地說。

格拉西姆打了個哆嗦，顯然是害怕自己做錯了什麼，很快把自己紅潤、友善、單純、年輕、剛開始長鬍子的臉龐轉向病人。

「您有什麼吩咐？」

33 譯注：有扶手的躺椅。

「我想，這讓你感到不愉快。但請你原諒。我沒辦法。」

「不敢當，老爺。」格拉西姆眼睛發亮，露出了年輕潔白的牙齒：「有什麼好不伺候您的呢？您生病嘛！」

他用溫和有力的雙手完成了自己經常做的事，然後就踏著輕快的步伐出去了。五分鐘後，又踩著輕快的步伐回來。

伊凡·伊里奇已經坐在安樂椅上。

「格拉西姆，」當格拉西姆將乾淨、清洗過的便盆放好時，他說：「幫我個忙，過來。」格拉西姆上前來。「扶我起來，我自己起不來，迪米崔被我派出去做事了。」

格拉西姆走近，用有力的雙手，如同走路般輕鬆將伊凡·伊里奇抱住，靈巧溫和地將他扶起，另一隻手把褲子往上提，然後扶他坐下。但伊凡·伊里奇卻請格拉西姆把他領到沙發那兒。格拉西姆不費吹灰之力扶起他——幾乎是抱著他——到沙發坐下。

「謝謝。你真靈巧，真好……什麼都能做。」格拉西姆又露出微笑，想離開。但伊凡·伊里奇覺得跟他在一塊兒真好，不想放他走。

「還有，請幫我把那張椅子推過來。不是，是那一張，放在我腳下。腳放高一點時我會舒服些。」

格拉西姆將椅子拿來，拿的時候椅子也沒敲到其他東西，一下子就平放在地板上，然後把伊凡．伊里奇的腳抬到椅子上；伊凡．伊里奇覺得，當格拉西姆高高抬起他的腳時，他比較舒服。

「腳抬高一點時，我比較舒服，」伊凡．伊里奇說：「幫我把那個枕頭拿來墊。」

格拉西姆照做了。再次將伊凡．伊里奇的雙腳抬起，然後放下。格拉西姆抬著他的腳時，伊凡．伊里奇又覺得更舒適了。當格拉西姆放下他的雙腳時，伊凡．伊里奇就又覺得不舒服了。

「格拉西姆，」他對他說：「你現在忙嗎？」

「不怎麼忙，老爺。」學會城市人與主人說話口氣的格拉西姆回答。

「你還有什麼事要做？」

「我還會有什麼事要做？所有事都做好了，只剩下明天要用的柴火還沒劈。」

「那麼，你這樣幫我把腳抬高一些，可以嗎？」

「怎麼不行，可以。」格拉西姆把伊凡．伊里奇的腳抬得更高。伊凡．伊里奇覺得，這個姿勢讓他幾乎感受不到疼痛。

「那柴火怎麼辦？」

「請別擔心。我們來得及劈。」

伊凡・伊里奇吩咐格拉西姆坐下，舉著他的腳，開始與他聊天。而奇怪的是，他覺得格拉西姆舉著他腳的時候，他舒服多了。

從這時起，伊凡・伊里奇偶爾會叫格拉西姆來，讓他把腳放在他的肩上，伊凡・伊里奇喜歡與他聊天。格拉西姆做起來輕鬆、樂意、簡單，而且他很友善，這使伊凡・伊里奇大為感動。其他人健康、有力、活潑的身體都使伊凡・伊里奇感到受侮辱；只有格拉西姆有力和充滿活力的身體不會使伊凡・伊里奇悲傷，反而安慰了他。

對伊凡・伊里奇而言，最大的痛苦是謊言——所有人不知何故都對他說謊，說他只是生病了，不至於死，只需要保持冷靜，好好治療，到時就會有好消息。他明明知道，不管他們做了什麼，除了受盡折磨和死亡之外，什麼結果也不會有。這個謊言折磨著他，另一點使他痛苦的是，他們不願意承認他們全都知道，包含他自己也知道——他情況很差，還想對他撒謊，而且還強迫他也加入這場騙局。謊言，這個在他臨死前被編造出的謊言，貶低了隆重、可怕的死亡，使它無異於所有的探訪、窗簾、午餐的鱘魚肉……這讓伊凡・伊里奇非常難受。而奇怪的是，許多次當他們拿他開玩笑時，他都差點就向他們大喊：別再撒謊了，你們知道我也知道，我就快要死了，所以現在至少別再騙人了。但他從來沒有勇氣這樣做。他步入死亡的過程是很可怕、令人恐懼的，但他發現，這段過程竟被周圍所有人、被他一輩子所謹守的「體面」，貶低成偶然的不愉快、某種程度的有礙觀瞻（對待他的方式，彷彿他是一位散發著惡臭走進客廳的人）；他看見，沒有人可憐他，因為甚至沒有一人願意明白他的處境。只有格拉西姆明白這處境，並同情他。因此伊凡・伊里奇只有與格拉西姆在一起的時候，才感到舒暢。有時格拉西姆徹夜未眠，支撐著他的腳，不願意離開去睡覺，說：「伊凡・伊里奇，您別擔心，我晚點再補眠。」或是當他突然改口以「你」稱呼他時，說：「除非你沒生病，不然為何不伺候你呢？」這時，他便覺得很舒服。只有格拉西姆一個人沒有撒謊，從各方面可以看出，只有他一人明白發生了什麼事，認為不需要隱瞞，而是單純同情這位憔悴虛弱的主人。有一次，當伊凡・伊里奇打發他走的時候，他甚至說：

「所有人都會死。為什麼不好好伺候您呢？」他說，並表現出他對他所做的一切並不感到勞累，正因為他視伊凡・伊里奇為將死之人，且希望在自己人生的最後一段時間，也有人能為他做點事。

除了這個謊言，或由於這個謊言，讓伊凡・伊里奇最痛苦的是，沒有人照他希望的那樣來同情他：伊凡・伊里奇在經歷長久的折磨後，有時最渴望的——他自己也不好意思承認——是想要像生病的小孩一樣，受到別人的同情。他想要被寵愛、親吻，想要有人為他流淚，就像在寵愛、安慰小孩一樣。他知道，他是一名位高權重的法官，已鬍鬚斑白，所以這對他來說是不可能的；但他還是很渴望。而他與格拉西姆的關係與他所渴望的很接近，所以與格拉西姆的相處讓他感到安慰。伊凡・伊里奇想哭，想要有人寵愛他、為他哭泣，這時同事舍別克法官正好來訪，而伊凡・伊里奇卻未流淚、未表示親切，而是板著一張正經嚴厲、若有所思的臉，出於習慣開始說著自己對上訴判決作用的意見，並且固執地堅持己見。這個圍繞著他、在他自己裡頭的謊言，更加毒害了伊凡・伊里奇人生最終的日子。

Chapter 08

一天清早，正因為是早晨，格拉西姆離開了，名叫彼得的僕人過來，熄了蠟燭，打開一邊的窗簾，悄悄開始收拾。是早晨，還是夜晚，是週五，還是週日——一切都已無所謂，一切都一成不變：疼痛令人難受不已、一分一秒都不停歇、令人受盡折磨；無指望地感受著生命不斷流逝，卻還一息尚存；那即將到來、令人厭惡的可怕死亡，以及那個同樣的謊言，卻是唯一真實的。還需要知道什麼日子，第幾週、幾點嗎？

「您要不要喝茶？」

「他想依循慣例：早上老爺喝茶。」他心想，卻只說：

「不了。」

「要不要換到沙發那兒？」

「他必須去整理房間，我卻妨礙了他，我本身就骯髒、凌亂。」他心想，但只說：

「不了。別管我。」

僕人又忙了一陣。伊凡・伊里奇伸出手。彼得殷勤走上前來。

「您有什麼吩咐？」

「錶。」

彼得拿了手邊的錶，遞給了他。

「八點半。他們還沒起床嗎？」

「還沒，老爺。瓦西里．伊凡諾維奇（伊凡．伊里奇的兒子）上學去了，普拉斯科維雅．費德羅夫娜吩咐，如果您問起，就叫醒他們。要叫醒他們嗎？」

「不，不用了。」他心想：「要不要喝茶呢？」然後說：「對了，茶……拿來吧。」

彼得走到門口。伊凡．伊里奇開始覺得獨自一人很恐懼。「要用什麼留住他呢？對了，藥。」便說：「彼得，把藥拿給我。」他又想：「還有什麼理由？也許，同樣用藥這個藉口吧。」他拿了湯匙，喝了藥，「不，這樣不行。這都是廢話、欺騙，」當他感受到熟悉的甜膩又絕望的滋味時，他決定：「不，我已經不能相信這藥了。為何一直痛，一直痛？就是停個一分鐘也好。」然後他痛得呻吟起來。彼得走回來。「不，你去吧。拿茶來。」

彼得離開。剩伊凡．伊里奇獨自一人，他呻吟著，不只是因為疼痛，因為疼痛並不可怕，而是因為孤寂煩悶。「一切都一樣，無盡的白晝黑夜。希望能快一點。什麼快一點？死亡、黑暗。不，不。一切都比死亡來的好。」

當彼得用托盤端著茶進來時，伊凡．伊里奇不知所措地盯著他看，不明白他是誰和他有什麼事。彼得因他的眼神而惶惶不安。而當彼得感到惶惶不安的時候，伊凡・伊里奇才清醒過來。

「對，」他說：「茶……好，放著吧。不過，再幫我洗臉，還有給我一件乾淨的襯衫。」

然後伊凡・伊里奇開始洗臉。他洗了手，休息了一下，然後洗臉、刷牙，開始梳頭髮，看著鏡中的自己。他開始害怕；尤其是看到頭髮緊貼著慘白的額頭時，特別害怕。

當僕人替他換襯衫時，他知道，他如果看到自己的身體會更害怕，所以他沒有看。一切總算結束了。他穿上長袍，蓋上毯子，坐到安樂椅上喝茶。這一分鐘裡他感到自己煥然一新，但當他開始喝茶時，又是那股同樣的味道，同樣的疼痛。他勉強喝完茶，躺下，伸直雙腿。他躺下後，就讓彼得離開了。

一切都一樣。有時忽然閃過一絲希望，有時絕望如大海翻騰，然後仍是那疼痛，還是疼痛，仍是苦悶，一切都一成不變。一個人苦悶無比，想叫個人來，但他知道，他在別人面前會更糟。「再來點嗎啡，也許就可以忘掉。我要告訴他，告訴醫生，讓他再想點辦法。不行，不行再這樣下去。」

一小時，兩小時過去。這時前廳的門鈴響了，也許是醫生。的確，是醫生，他臉色紅潤、精神飽滿、心寬體胖，臉上帶著一副「您在害怕些什麼呀，我們現在就來幫您解決」的神情。醫生知道，這樣的表情在此處無濟於事，但是他一直以來都是這樣的表情，已經無法改變，就好像一位每天早上就穿著燕尾服四處拜訪的人。

醫生精神抖擻、安慰地搓搓手。

「我覺得冷，寒氣逼人。讓我取取暖吧！」他說話的表情，似乎在說必須再稍等他身子暖和起來，當身子暖和後，就來處理一切。

「怎樣，還好嗎？」

伊凡・伊里奇感覺到，醫生想要說：「過得如何啊？」但他覺得不能這樣問，所以說：「您昨晚過得如何？」

伊凡・伊里奇看著醫生，帶著疑惑的表情：「你難道從不覺得欺騙可恥？」但醫生並不想理解這個問題。

所以伊凡・伊里奇說：

「一切還是一樣糟糕。疼痛沒有消退，絲毫不讓步。要是有什麼辦法就好了！」

「是的，您生病了，一直以來都是這樣。那麼，老爺，我似乎溫暖起來了，就連最細心的普拉斯科維雅・費德羅夫娜都對我的體溫沒意見了。那麼，老爺，您好。」醫生與他握了握手。

接著醫生一改先前的玩笑態度，開始一本正經地診斷，測量脈搏、血壓，然後開始這邊敲敲，那邊聽聽。

伊凡・伊里奇深知，並絲毫不懷疑，這一切都是胡說，且只是欺騙，但當醫生跪下，在他面前挺直身子，將耳朵一下高、一下低地靠在他身上，以他那張大臉向他擺出一系列如體操般誇張的表情時，伊凡・伊里奇屈服了，就像他曾經屈服於律師的言論，即使他清楚知道，他們總是在欺騙，也知道他們為何而欺騙。

醫生跪在沙發上，仍在為他叩診，這時門外傳來普拉斯科維雅・費德羅夫娜絲綢洋裝的沙沙聲，聽得到她正在責備彼得為何沒有向她報備醫生到了。

她走進來，親吻丈夫，立即開始說明，她早就起床了，只是因為誤會，所以醫生到達時，她不在這裡。

伊凡・伊里奇看著她，仔細觀察她，她白皙、豐腴、乾淨的手和脖子、頭髮的光澤和充滿生命而閃爍的雙眼，都讓他看不順眼。他打從心底憎恨她。連觸碰到她都會使他因內心激起的仇恨，而感到難受。

她對他以及他病情的態度還是一樣。醫生對待病人的態度無法改變，她對他的態度也一樣已無法改變——他沒有做到他該做的事，就是他自己的錯，她最喜歡批評這點。

「他就是不聽！都不按時服藥！還有更重要的是，他一直以一種腳抬得高高的姿勢躺著——這也許對他有害。」

她敘述著，他如何強迫格拉西姆扛著他的雙腿。

醫生既輕蔑又溫和地笑說：「還能怎麼辦，病人偶爾會想出一些愚蠢辦法；但可以原諒。」

檢查畢，醫生看了看錶，然後普拉斯科維雅・費德羅夫娜向伊凡・伊里奇宣布，不管伊凡・伊里奇願不願意，她現在已經請了名醫來，他會和米哈伊爾・達尼洛維奇（那位醫生的名字）一起會診。

「你別反對，拜託。這是我為了自己才這樣安排的。」她語帶諷刺說道，令人覺得她做一切都是為了他，正因為如此他無權拒絕。他沉默下來，皺了皺眉頭，覺得這個圍繞著他的謊言，是那麼的顛三倒四，已經很難分清楚什麼是什麼了。

她每次為他做什麼事都是為了自己，並且也對他說，她這麼做是為了自己，好像「她確實是為了自己才這麼做的」這句話是什麼不可思議的話一樣，他必須反過來理解這句話。

十一點半的時候，的確來了位名醫。又是一次聽診和一段很長的談話，他們先是在他面前談，後來換到另一個房間談，談話內容是關於腎與盲腸。大部分的問題和答案，又與他實際面對的生死課題無關，而是關於腎與盲腸沒有照原本該有的樣子運作，而現在米哈伊爾·達尼洛維奇和那位名醫即將要針對這些問題來治療，迫使它們恢復正常。

名醫帶著嚴肅，但並非絕望的神情道了別。針對伊凡·伊里奇以閃現著恐懼與期望的眼神所提出的可怕問題：是否有機會痊癒，他回答，無法保證，但是有機會。伊凡·伊里奇詢問醫生時帶著的期望眼神，是如此卑微，就連正走出書房準備付醫藥費給名醫的普拉斯科維雅·費德羅夫娜看到了，都哭了起來。

因醫生賦予希望而振奮的精神，並沒有維持多久。又是一樣的房間、一樣的圖畫、窗簾、壁布、玻璃藥瓶和一樣飽受疾病折磨的身體。伊凡·伊里奇開始呻吟；打完針後，他就進入了昏睡。

當他清醒時，天色慢慢變暗；僕人送來了晚飯。他勉強喝完清湯，然後又一樣，夜晚又逐漸降臨。

晚餐後，七點鐘，普拉斯科維雅・費德羅夫娜走進了他房裡，穿得一副要去參加晚會的樣子，束緊的豐滿胸脯，臉上還有妝粉的痕跡。她早上有向伊凡・伊里奇提到他們要上劇院。莎拉・伯恩哈特[34]遠道而來，他們有包廂的位子，那位子是他當時堅持要妻女選的。現在他已忘記這件事，所以妻子的盛裝打扮侮辱了他。當他想起是自己堅持要他們取得包廂的位子，要他們去，便隱藏起自己的屈辱，因為這是為了培養孩子對於美感的享受。

普拉斯科維雅・費德羅夫娜心滿意足走了進來，但看起來像做錯了什麼似的。她坐到他身邊，問他身體狀況如何，看在他眼裡，她是為問而問，而不是為了知道才問，也知道問不出什麼來。她開始說她該說的話：要不是已經訂了包廂，艾倫和女兒及佩特里謝夫（那位檢察事務官、女兒的意中人）也會去，不能放他們鴿子，要不她才不會去呢。她倒不如坐在他身旁還來得愉快些。希望他在她不在的時候還是要遵照醫生的指示。

「對了，費多爾・彼得洛維奇[35]（女兒的意中人）也想要進來，可以嗎？還有麗莎。」

34 俄文版注：莎拉・伯恩哈特（法語：Sarah Bernhardt, 1844-1923），法國舞臺劇演員，曾於一八八〇年代至俄國巡演。

35 編按：即佩特里謝夫，此為其名加父稱。

「讓他們進來吧。」

女兒盛裝打扮，走了進來，裸露年輕的身體。身體使伊凡・伊里奇受盡折磨，而她卻拿自己的身體來展示。她健康、有力，顯然墜入愛河，對於干擾她幸福的疾病、折磨及死亡，都充滿憤怒。

費多爾・彼得洛維奇也走了進來，他燙著 a la Capoul[36] 鬈髮，脖子瘦長，緊緊圍著白色衣領，前胸一大片白襯衫，黑色緊身褲緊緊裹著他強而有力的大腿，一手戴著緊繃的白手套，拿著一頂大禮帽。

一名身穿新制服的中學生從他們身後走進來，可憐兮兮的，戴著手套，黑著眼圈，而伊凡・伊里奇知道他黑眼圈的原因。

他一直很可憐兒子。他驚嚇與深表同情的眼神，看起來很恐懼。除了格拉西姆以外，伊凡・伊里奇覺得，只有瓦夏[37]一個人了解他、同情他。

大家都坐下來，又開始詢問健康狀況。接著一陣沉默。麗莎問了母親有關望遠鏡的事，

36 譯注：法語，「卡伯式」鬈髮。
37 譯注：瓦夏，瓦西里的小名，此即伊凡・伊里奇的兒子——瓦西里・伊凡諾維奇。

母女倆為了找不到望遠鏡而發生口角，結果不愉快。

費多爾·彼得洛維奇問伊凡·伊里奇有沒有看過莎拉·伯恩哈特。伊凡·伊里奇一開始不明白他在問什麼，後來他回答說：

「沒有，您已經看過了？」

「是呀，在Adrienne Lecouvreur[38]這齣戲看到的。」

普拉斯科維雅·費德羅夫娜說，她在那齣戲裡非常美麗，女兒反駁。大家開始談論她的演技有多文雅、逼真——這種對話永遠都是一樣的。

談話中，費多爾·彼得洛維奇看了伊凡·伊里奇一眼，便沉默了。其他人看到也沉默了。伊凡·伊里奇用他那炯炯雙眼看著自己面前這些人，很明顯是在生他們的氣。必須要打個圓場，但就是沒有辦法打圓場。無論如何必須要打破這片沉默。沒有人下定決心，而且大家開始害怕這個體面的謊言會突然被揭穿，然後所有人就都知道發生了什麼事。麗莎第一個決定那麼做了，她打破沉默，想要隱瞞大家的感受，卻不小心說溜了嘴。

38 俄文版注：法語，「阿德麗恩·盧克夫魯爾」，為法國劇作家歐也納·斯克里布（Eugène Scribe，1791-1861）和埃內斯特·勒古韋（Ernest Legouvé，1764-1812）之悲劇。阿德麗恩·盧克夫魯爾一角由莎拉·伯恩哈特主演。

「唉呀，如果要去的話，那時間差不多了。」她看了一下父親送的錶說，向年輕人會心地一笑——這一笑只有他們倆才明白其中的意思，然後起身，弄得洋裝沙沙作響。

大家都起身道別，動身離開。

當他們出去時，伊凡·伊里奇覺得自己好些了：沒有謊言——謊言隨著他們離開了，疼痛卻還在。一樣是疼痛，一樣的恐懼，沒有更嚴重，但也沒有舒適點。一切愈來愈糟。

時間一分又一分，一小時又一小時地過去，一切都一樣，無止盡，無可避免地結局也愈來愈可怕了。

「好，叫格拉西姆過來。」他回答彼得的問題。

Chapter 09

妻子深夜回來，躡手躡腳走了進來，但他聽見了她的聲音，睜開了眼睛，又迅速閉上。她想遣走格拉西姆，好讓自己坐著陪他。他睜開眼睛，說：

「不，你走吧。」

「你很不舒服嗎？」

「反正已無所謂了。」

「服用些鴉片吧。」

他同意，並喝下。她就走了。

三點前他處於令人痛苦的半夢半醒狀態。他覺得自己帶著疼痛被塞入某個又黑又深的麻袋裡，而且被塞得愈來愈深，但卻塞不到底。而這件令他恐懼的事是在他飽受痛苦時發生的。且他既害怕，又想趕快跌到底，既與其奮戰，又協助它。然後忽然間，他向下墜落，跌了一跤，他便醒了。此時，格拉西姆正坐在他的床鋪上，平靜耐心地打著盹。而他自己正躺著，把他那穿著襪子的消瘦雙腿，架在他的肩膀上；蠟燭一樣在燈罩裡，疼痛依然連續不斷。

「走吧，格拉西姆。」他低聲說。

「沒什麼，我再坐一會兒，老爺。」

「不，走吧。」

他放下雙腿，壓著一隻手側躺著，開始可憐起自己來。等到格拉西姆走出了隔壁的房間後，他就再也忍不住，像孩子一樣大哭起來。他哭的是自己的無助感、可怕的孤獨感、人們的殘忍、上帝的殘酷、上帝對他的棄之不顧。

「你為什麼要做這種事？為什麼要把我帶到這裡？為什麼，為什麼要折磨我？」

他並不期望得到答案，他哭泣，因為沒有、也不可能有答案。疼痛又開始加劇，但他沒有顫抖，也沒有呼喊。他告訴自己：「繼續吧，繼續痛吧！但究竟是為了什麼？我對你做了什麼，為什麼要這樣對我？」

後來他安靜下來，不只停止哭泣，也停止了呼吸，開始全神貫注聆聽，彷彿他聽的不是聲音、不是說話的聲音，而是他裡面浮現出來的心靈之聲、思想之流。

「你到底需要什麼？」他第一次聽到如此清晰、明瞭的字句。「你需要什麼？你到底需要什麼？」他重複問自己。「什麼？」「不受痛苦。活下去。」他回答。

然後他又沉浸於聚精會神地注意這樣的聲音，就連疼痛都無法使他分心。

「活下去？要怎麼活下去？」心裡有個聲音問。

「是的，像我以前那樣生活——既舒服又愉快。」

「像你以前那樣生活——既舒服又愉快嗎？」這聲音問。所以他開始在腦海中回想自己愉快生活中最美好的時光，但奇怪的是，那些愉快生活中最美好的時光，現在看來已不再像當時一樣美好了——除了最早的童年回憶以外。在童年時光裡，有一些真正愉快的時光，若是能回到童年，倒是值得繼續活下去。但是當年經歷那種愉快的人，已經不在了，現在這些時光似乎像是另一個人的回憶。

當那些造就現在的伊凡·伊里奇的一切開始出現時，那些曾經認為的快樂，現在在他眼前逐漸消融，變成微不足道，或往往齷齪可鄙的東西。

童年時光過後，愈接近現在，快樂就愈不足道、愈令人質疑。一切要從法學院說起。當時還有一些真正美好的東西：在那兒有歡樂，在那兒有友誼，在那兒有希望；但到了高年級這些美好時光已經愈來愈少。然後，第一份在省長那兒的工作，又出現了一些美好的時光：對一個女人愛情的回憶。後來這些逐漸減少，美好的東西就愈來愈少。接下來好事就更少，愈往下走，就愈少。

結婚……突然間沮喪、妻子口中的氣味、情欲、假惺惺隨之而來！還有了無生氣的工作、金錢的煩惱，就這樣一年、兩年、十年——都一成不變。愈是往後，就愈死氣沉沉。我就這樣平穩地往下坡走，還以為自己正在走上坡。就是這樣。從社會的眼光看來，我是走上坡，但與此同時，生命卻在我腳下一步步溜走……所以現在到盡頭了，死吧！

到底是怎麼回事？為什麼？不可能。生活不可能是這樣毫無意義、齷齪可鄙的呀？如果它的確是這樣齷齪可鄙、毫無意義，那麼為何要死，死得如此痛苦？一定是哪裡出了問題。

「也許，我過去不該這樣生活？」他腦中突然浮現了這樣的想法。「怎麼會不該如此呢？所有該做的我都完成了啊！」他對自己說，立刻將解開生死之謎的唯一想法，當作一個完全不可能的事給驅趕出去。

「那你現在到底想要什麼？活下去？要怎麼活？想你在法庭時，當法警宣布：『法官就席！……』那樣生活嗎？法官就席，法官就席。」他向自己重複道。「這就是法庭，庭上！我又沒錯！」他憤怒地叫起來。「為什麼？」他停止哭泣，把臉轉向牆面，開始思考一直以來的同一個問題：為什麼？這一切恐懼到底是為什麼？

但不論他怎麼想，他都找不著解答。當他浮現一個時時浮現的想法——他是否不該這樣生活時，他立刻想起自己的一生是多麼正當，就立即驅趕這個奇怪的思緒。

Chapter 10

又過了兩星期。伊凡·伊里奇已經無法從沙發上下來。他不想躺在床鋪上，所以躺在沙發上。他幾乎所有時間都躺著，面向牆面，孤獨一人承受著那同樣無法解決的痛苦，孤獨地想著同樣無法解決的想法。這是什麼？難道真的要死嗎？內心的聲音回答他：是的，這就是事實。為什麼要受這些痛苦？而聲音回答他：就是這樣，沒有為什麼。接下來除了這個以外，什麼都沒有了。

從一開始生病的時候，從伊凡·伊里奇第一次去看醫生開始，他的生活就產生了兩種對立的心情，相互交替：一會兒感到絕望，等待著未知、可怕的死亡；一會兒抱著希望，悉心觀察自己的身體變化。在眼前的，一下是不務正業的腎或盲腸，一下是無法逃脫的未知、可怕的死亡。

這兩種心情在剛生病時相互交替著，但病情愈到後來，關於腎臟的看法愈來愈令人懷疑、愈來愈虛幻，對於即將來臨的死亡也愈來愈真實。

他想起三個月前的自己，和現在的自己；想起自己如何一路平穩地走下坡——以致所有的希望都幻滅了。

在最後的日子裡，伊凡·伊里奇身處孤獨之中，獨自躺臥在沙發上，孤獨地面向椅背。他身在人來人往的城市裡、十親九故與家人之中，卻感到非常孤獨——那是一種無論海底或地底都不可能有的孤寂感——最後的日子伴隨這可怕的孤獨，伊凡・伊里奇只活在對過去的回憶中。過去的一切歷歷在目，一切總是從時間最近的開始，然後回溯到最遙遠的記憶，回到童年時期，然後便停在那裡。若伊凡・伊里奇憶起最近有人請他品嘗熬煮過的黑李，他會想起小時候未加工、皺巴巴的法式黑李，想起那特別的味道，和吃到只剩果核時直流的口水，還有與這些味道回憶相關的所有記憶：保母、弟弟和玩具。「不該想這些的……實在太痛苦了。」伊凡・伊里奇對自己說，然後就又回到了現實。他看到沙發椅背上的鈕扣，以及山羊鞣皮上的皺褶。「山羊皮很貴，但不耐用；才為這吵過一次架。但曾有過另一張山羊皮，有過另一次爭執，那一次是我們把父親的公事包給弄破了，所以被處罰，母親還送餡餅來。」回憶又一次停在了童年。而伊凡・伊里奇再一次感到痛苦，所以他努力驅散這些回憶，開始想些別的事。

　　這一連串的回憶，又勾起了他心中另一串回憶——他想到他的病情是如何加重、蔓延的。愈往前追溯，就愈有生機。而生活中的善愈多，生活的本質就愈豐富，兩者的關係是密不可分的。「正如痛苦愈來愈多，整個生活也是愈來愈糟。」他想。生命一開始是個亮點，之後愈來愈黑，且黑得愈來愈快。「與死亡的距離成反比。」伊凡·伊里奇心想。一塊石頭從上而下高速墜落的樣子，深深刻畫到他的心中。生命是一個個逐漸加深的痛苦，朝著終點、最可怕的痛苦愈來愈快速地飛去。「我在飛……」他直打哆嗦，一直顫抖，他想要反抗，但已知無力抵抗，然後他又用那雙看累了、但又不能不看眼前事物的雙眼，盯著沙發的椅背，然後等待著——等待那可怕的墜落、衝撞及毀滅。「無法抵抗，」他自言自語說道：「但就算是能理解為什麼也好？卻沒辦法。如果說是因為我不應該這樣生活，也可以解釋。但就是這點不可能承認。」他一面回想著自己守法度、合理和體面的生活，一面告訴自己。「就是這點不能承認。」他苦笑著對自己說，彷彿有人能看到他的笑容而被欺騙一般：「無法解釋呀！痛苦、死亡……到底是為什麼？」

Chapter 11

就這樣過了兩個星期，這幾週發生了一件伊凡・伊里奇與他的妻子殷殷期盼的事：佩特里謝夫向女兒正式求婚了。這是晚間發生的事。隔天普拉斯科維雅・費德羅夫娜走進丈夫的房間，琢磨著要如何向他宣布費多爾・彼得洛維奇求婚的事，但就在那天晚上，伊凡・伊里奇的病情惡化。普拉斯科維雅・費德羅夫娜看到他依然在沙發上，只是換了個姿勢。他仰臥著，呻吟著，眼神呆滯，看著前方。

她開始講關於藥的事，他將眼光移到她身上。她話還沒說完，伊凡・伊里奇的目光中開始滿懷恨意，這恨意顯然是針對她。

「看在基督的份上，讓我安詳地死去吧！」他說。

她想要離開，但這時女兒走進來，並上前問候身體狀況。他以注視妻子的眼光，同樣注視著女兒，至於她那關於身體狀況的問題，他冷淡回答她說，他很快就會讓他們擺脫自己了。他們兩人沉默下來，坐了坐便出去了。

「我們到底犯了什麼錯？」麗莎對母親說：「好像都是我們害的！我很心疼爸爸，但是他為何要這樣折磨我們？」

醫生在既定的時間來訪。伊凡・伊里奇回答他「是」、「不是」時，一面怒目注視著他，最後他說：

「您畢竟知道，您已經幫不了我了，那就別管我吧！」

「我們可以減輕您的痛苦。」醫生回答。

「這您也做不到，別管了。」

醫生走到客廳，告訴普拉斯科維雅．費德羅夫娜，情況非常糟糕，唯一的辦法是服用鴉片，以減輕那可怕的痛苦。

醫生說，他生理上的痛苦很劇烈，這是一件事；但精神上的折磨比生理上的痛苦更恐怖，他最大的痛苦便在於此。

他精神上的折磨，是因那天深夜，他看著格拉西姆那張心地善良、昏昏欲睡、顴骨突出的臉龐時，腦中忽然浮現這麼一個想法：會不會我這輩子、我有意識以來的生活，事實上都「不對勁」。

他腦海中這樣想，先前他覺得完全不可能的事——他這輩子不該如此生活的這個想法，可能是對的。他發覺，他曾有過反駁位高權重之人認為是「很好」的想法；他曾有過立刻驅散「可能只有它們才是真實的，而其他一切可能都不對勁」的想法。他的工作、他建立的生活、他的家人，和那些社會及工作上的利益——都可能不對勁。他嘗試在自己面前為一切辯解，但他突然發現他所辯解的一切都站不住腳。完全沒有可以辯解的地方。

「如果真是這樣，」他對自己說：「那麼我到要離開這世界時，才發覺我毀了上帝賜予我的一切，而且沒有挽回的餘地，那麼該怎麼辦呢？」他仰臥，再以新的眼光檢視自己過去的生活。當早晨他看到僕人，之後依序看到妻子、女兒、醫生時，他們的言行舉止都向他證明了，他深夜發現的這個可怕事實。他在他們的身上看見了自己，看見他自己是怎樣生活的，並清楚看見，這一切都不對勁，這一切都是個天大的可怕謊言，掩蓋了生與死的真諦。得知此事以後，他生理上的疼痛便加重了。他呻吟著，翻來覆去，還撕裂身上的衣服。他覺得身上的衣服使他難受，使他窒息。因此他憎恨它們。

注射了高劑量的鴉片後，他陷入昏迷；但午餐時，一切又再度上演。他趕走所有人，輾轉不安地翻來覆去。

妻子上前來對他說：

「Jean，親愛的，就當作是為了我（為我？）吧。這不會有害，而且很多時候是有幫助的。如何？這沒什麼的。連健康的人也常常……」

他睜大眼睛。

「什麼？領聖餐[39]嗎？幹嘛？不需要！不過……」

她哭了起來。

「怎麼了，親愛的？我把我們那位請來，他非常和藹。」

「好極了，非常好。」他說。

當神父到達，聽了他的懺悔後，他便緩和下來，他感覺到自己似乎從疑惑及其所造成的痛苦中釋放，鬆了一口氣，一瞬間找到一線希望。他又開始想治療盲腸的可能性。他含著淚領了聖餐。

領完聖餐後，傾刻間他覺得輕鬆許多，出現一絲活下去的希望。他開始想著他人建議要手術的事。「活下去，我想要活下去。」他對自己說。妻子上前來祝賀，她說了一些一般人常說的話，並問：

「你覺得好些了，是不是？」

39 譯注：俄羅斯正教會為臨終前的正教徒舉行聖餐禮，讓其在大限將屆之時，對生前所犯之罪加以懺悔。

他回答：是，眼神卻沒注視她。

她的服裝、她的身材、她臉上的表情及她的聲音——都告訴他：「不對勁。你過去和現在生活的方式都是謊言、欺騙，它們向你掩蓋了生與死的真諦。」當他一開始這樣想，他的那股厭惡感，以及隨之而來的身體上的痛苦與折磨，和無法逃脫眼前死亡的感覺，便油然而生。此時出現了新的症狀：他感到絞痛、刺痛，且呼吸困難。

他說「是」的時候，臉上的表情看起來很猙獰。說完這聲「是」，就正視她的臉，並以一種以他虛弱的程度看來不可能做到的速度，轉過身去，臉向下，大叫：

「走開，走開，別管我了！」

Chapter 12

從那時起，便開始了三天不停息的喊叫，那叫聲是如此嚇人，即使隔著兩道門聽到了，都令人不寒而慄。在他回答妻子的那一分鐘，他明白，自己已經完了，無法回頭，結局已經來到——最終的結局，但他一切的疑惑還是沒有解開。疑惑還是疑惑。

「喲！喲！喲！」他用不同的音調叫著，剛開始是大叫「我不要！」然後就繼續喊著「喲——」，也就是「要」這個字的尾音。

整整三天，對他而言，時間已經不存在，他在那黑色麻袋中使勁掙扎，麻袋中有一股看不見的不可抗力，將他塞入袋中。他如同死刑犯在劊子手手中掙扎，好像知道自己已經無法逃脫；他每一分都覺得，儘管他使勁全力抵抗，還是一步步接近那個使他恐懼的東西。他感覺到，他的痛苦在於，他不斷被吸入這黑洞，更痛苦的是，他也無法往前爬。他無法向前爬的原因，正是因為他認為自己過去的生活很美好。這個為自己生活的辯駁鎖住了他，不讓他繼續往前，也讓他更加痛苦。

忽然，有某種力量推了一下他的胸膛和側腰，更用力地壓迫了他的呼吸，他跌入洞裡，而在那兒，洞的底部，有東西在發光。他當時的情形，就跟在火車車廂裡的經歷相似，當你覺得你在前進時，你其實在後退，然後突然間你才搞清楚真正的方向。

「對，一切都不對勁，」他告訴自己：「但這沒關係。可以、可以做些什麼『對勁的事』。那什麼是『對勁的事』呢？」他問自己，並突然間安靜下來。

事情發生在第三天的尾聲，他臨終前一小時。就在這時，中學生悄悄溜到父親房間，走近他的臥榻。將死之人一直絕望喊叫，揮舞著雙手。他的手打到了中學生的頭。中學生捉住了他的手，將它按在唇邊，哭了起來。

伊凡·伊里奇就是在這時跌落，並看到亮光，他才恍然大悟，他不應該像先前那樣過他的生活，但還有機會挽回。他問自己：那麼，到底什麼是『對勁的事』，然後就安靜下來，仔細聆聽。這時，他發覺，他的手被誰親了一下。他睜開雙眼，看了看兒子。他開始心疼他。妻子走到他身邊，他看了她一眼。她張著嘴，鼻子和臉頰上掛著擦不乾的眼淚，她表情絕望地看著他。他也開始心疼起她來。

「對，我折磨他們，」他心想：「他們心疼，但我死後，他們會好起來的。」他想這樣對他們說，但沒有力氣說出口。「不過，何必要說呢，應該用做的。」他想。他看了看兒子，向妻子示意，說：

「把他帶走……心疼……你……」他還想說「原諒」，但是說成「原來」，但他已沒有力氣改正，揮了揮手，他知道，該明白的人總會明白的。

突然間，他恍然大悟，那一直折磨他、不離開他的東西，突然間就從兩旁、從四面八方一下子都離開了。心疼他們，就必須做點什麼，好讓他們不那麼痛苦。使他們、也使自己擺脫這些痛苦。「多麼美好又多麼簡單啊，」他想：「疼痛呢？」他問自己：「到哪去啦？喂，疼痛，你在哪裡？」

他開始留心感受。

「對，就是它。怎麼辦，就痛吧！」

「可死亡呢？它在哪？」

他尋找自己先前那股對死亡的熟悉恐懼感，卻沒找著。它在哪？死亡是怎樣的？沒有任何恐懼，因為也沒有死亡。

取代死亡的是一片光明。

「原來如此！」他突然出聲說道：「真是愉快！」

對他而言這都發生在一瞬間，而這瞬間的意義已經不再改變了。他彌留的狀態還持續了兩小時。他的胸膛有什麼東西發出咕嚕咕嚕聲；他憔悴的身軀顫抖了一下。然後咕嚕咕嚕聲和嘶啞聲就愈來愈少。

「結束了！」有人在他上頭說道。

他聽到這話，在自己心裡重複了一遍。「死亡結束了，」他對自己說：「再也沒有死亡。」

他吸了一口氣，吸到一半就停住了，兩腿一伸，就死了。

【深讀推薦】

他是苦心追求「自我實現」的現代人的縮影

鐘穎（愛智者／諮商心理師）

生命存在，但現在要離去了，正在離去。
我卻沒有辦法抓住它。
對，我幹嘛欺騙自己？

讀者手中這本《伊凡・伊里奇之死》是托爾斯泰寫作生涯中最震撼人心的小說，是每年生命教育課我列給學生的必讀作品。身為托爾斯泰的終身書迷，我可以負責任地說，這本書極可能改變你的生命。

本書談論的是這位名為伊凡・伊里奇的中年人，如何窮盡一生追求體面、權力、薪水、地位，並行禮如儀地度過他的婚姻與工作生涯。直到死亡慢慢擄獲了他，伊凡才意識到他的孤單與過往生活態度的錯誤。他活錯了生命。

而他，就是你我身邊那些苦心追求「自我實現」的現代人的縮影。

死是人的必然，但我們往往輕忽死亡的意義

聽聞身邊熟人的死訊總是會讓人感到些許慶幸：

幸虧死的人是他，而不是我。

故事的開始，是伊凡的死訊傳回了他任職的法院，故事特別強調，「所有人都愛他」。然而他的死主要激起的卻是同僚對他職缺的興趣，大家紛紛盤算他的位置現在要讓給誰？自己有沒有機會接任？或者推薦親戚來接任？心底的想法不好說出來，只能你一言我一句地聊著無關緊要的話題。

托爾斯泰寥寥數語，便道出了世人對死亡的態度。大家都知道，死雖然是人的必然，

但卻不是「我」的必然。我們腦裡明白人都得死，但心底卻從未真的相信我會死這件事。否認是人們用來對抗死亡焦慮的最基本、有力的防衛方式，存在心理學家歐文・亞隆將它分成兩類：

- 相信自己的獨特性
- 擁抱外在拯救者

伊凡反覆地在這兩種否認模式中轉換。他先是否認自己會死這個事實，回想自己的一生和童年，無法相信這樣的自己會就此消失，然後在看完醫生後又會短暫地相信醫生可以成為他的拯救者。如此反覆，直到兩種防衛模式都失效，他才第一次用心地回顧了自己的一生，並在靈魂深處徹底反思他生活的態度。

就是在這層矛盾中，心理學家發現了我們對死亡焦慮有著極深的防衛。我們會習慣性地輕忽死亡的意義，但它卻會不斷地藉著日常的小事現身，最常見的就是選擇。

每種選擇都同時代表了「肯定」與「否定」，選擇A就意味著放棄B。易言之，每種選擇的背後都代表了另一種可能性的消失。只要我們夠仔細，就會發現當自己站在櫥窗前看著不同品牌的牛奶或泡麵無法下決定的時刻，死亡都會在我們身旁對著我們微笑。

他徹底擁抱安全感，逃避身為人的「可能性」

伊凡．伊里奇過去的生活極其簡單平常，
卻也極其可怕。

從學生時代開始，伊凡就很傑出，他既認真學習又善於做人。等他工作之後，更是長於將複雜的訴訟用恰到好處的方式處理，不論是原告、被告、還是長官，大家都對他相當滿意。

他是一個標準的成功人士。努力、精確、說話得體、為人處事都剛剛好，絕不因私害公。他掌握權力，卻節制地使用它，不讓下屬或他人對自己懷有惡感。更重要地，他從沒有個人的觀點，而是透過外在形式的掌握來處理工作。他不得罪任何人，也不關心任何人，唯一的愛好就是玩牌。這個愛好也是上流社會推崇的愛好。

這樣的才能，正是我們的社會與家長希望下一代擁有的：安全、小心、位居要津、受人尊敬、有著被社會肯定的興趣。在婚姻裡他也信守這個原則，找了一個門當戶對、有一定財產、愛著自己的漂亮女人。再說，結婚是受社會認可的好事（特別是那些金字塔頂端的人），為何不結婚呢？這麼完美的生活不是沒有缺點，就是薪水少了點，職位低了點。雖然他兢兢業業地往上爬，但這個遺憾總是沒法消失。

他的人格面具（persona）戴得很好，以致於他覺得自己整個人就那張面具。唯一的缺點就是還可以更好一點，再多一點。

這樣的生活簡單、平常，但是為什麼托爾斯泰又說它很可怕呢？因為他徹底擁抱了安全感。伊凡的基本生活態度是逃避的，但他並非逃避生活，而是逃避自己做為一個人的「可能性」。冒險帶來焦慮，但不冒險卻失去自己。

我們努力「過」生活，卻從不在生活裡

人與世界的關係大致說來可分成三種狀態：

- 順從世界
- 逃避世界

• 對抗世界

伊凡選擇的是順從，這是最受到讚許推崇，卻也是最斫傷一個人內在潛能的關係。許多人為了得到重要他人的肯定和社會應允的獎勵，都會選擇順從社會。然而順從並非沒有代價，只是那代價不一定那麼早出現，直到中年的來臨。

榮格心理學相信，心靈能量是在兩極中流動的。當我們的上半生將心力投注在成就的獲得或人格面具的打造，就會有一股相反的動力被隱藏在潛意識中等待著回流。因此，聰明人意識不到自己的愚蠢，勇敢的人也看不到自己的怯懦。它在潛意識的陰影（shadow）中蓄積，從而引發各種症狀，帶來各種問題。

伊凡的悲劇性格首先在於他早早失去了自我，因而當他進入親密關係的時候，他是以一個空無的內在與另一半互動。但沒有人可以長久地和空無互動，因為面對空無時，我們得不到回應。

妻子的表現正反應了這一點，她變得更容易吃醋，要求伊凡．伊里奇必須更重視她，討好她。而伊凡則覺得自己原本平靜的小世界被干擾了，只得躲到工作裡，透過擁有權力來自我肯定。這說明了為何他總是不滿意現有的薪水以及職位。

到底活著的意義是什麼？托爾斯泰想談的就是這件事。我們依照社會的期待長大、讀書、與做人，總之，依照期待完成所有「分內」的事。我們戴著面具，小心翼翼地做一個「體面」的人，博取老師、同事、與長官的喜愛，最重要地，是金字塔頂端者的喜愛，然後因為這些喜愛而喜愛自己。我們把這視為重要的能力。

我們努力「過」生活，卻從不在生活裡。

這種活著卻彷彿行屍走肉的生活是一種分裂的生活。人與生活本身分裂了，也與自己分裂了。我活的是別人的樣子，卻不是自己本來的樣子。我即是社會的刻板印象，根深柢固地排除了個人對生命的意識。對生命本身活潑潑的體驗已經喪失，就連死亡也像是一場戲，猶如伊凡的同事心裡想的那樣。人都會死的，但那個人不是我。

一直到死亡找上伊凡之前，他把一切都處理得很好。不要有個人意見，不要表露自己情緒。達官顯要喜歡什麼，我就喜歡什麼。用存在心理學的角度來說，他總是「保持匿名」。

當死亡臨頭時，匿名的人才驚覺原來自己是有名字的

當代人之所以需要保持匿名，是因為個人在面對世界時已經失去了影響力。我們變成手機裡的一組號碼，或社交軟體的一個暱稱。

我們不再是一個具體存在著的、充滿意義的人，而是一組ＩＰ位址，或者一張張看起來都很像的旅遊照片。人與人之間的互動僅剩下一個大拇指，不管對方潑上網的是全家福、畢業典禮、吃大餐、還是被炒魷魚，出於同情、讚許或其他什麼原因，都不能免俗地要給他一個讚。

廣度取代了深度，數量取代了交心。立體的人也因此變成了數學。我們用數學觀看世界，也用數學評價自己。年薪二五〇萬的勝過二〇〇萬的，房子一五〇坪的勝過三十五坪的。伊凡之所以執著於自己應該有五千盧布的身價，執著於自己還需要另一個五〇〇盧布的加薪，其深層原因正是如此。他的自我認同建立在社會與世俗給予的肯定，當他必須與這一切分手的時候，他才發現自己站在巨大的空無上面。

匿名免除了我們的責任，可責任免除得愈多，自由就相應地擁有得愈少。一個對人生缺乏責任感的人，他們看似自由，卻弔詭地很少感到自由。他們會描述自己陷入一種虛無或空洞裡，在那裡做什麼事都提不起勁。

他們期待輕鬆卻同時有巨大回報的工作，卻一直沒有搞懂，巨大的心理回報只有在給出承諾和承擔起責任後才會發生。匿名的人是被淘空的人，當死亡臨頭時，他們才會驚覺原來自己是有名字的。但是那名字所代表的一切在剝去頭銜的外殼後竟然所剩無幾。

保持疏離才讓伊凡爬到今天這個位置，娶到了有錢的老婆。但他卻是在生病後第一次對自己的疏離感到恐懼。現實生活裡，多數人也都是因為病痛才開始驚訝地發現自己對這個世界有多漠不關心。日子還在繼續，一成不變。他漸漸發現，身邊沒有半個同情、理解他的人。

死亡經驗讓人恐懼，是因為它無法被分享

光曾存在過，但現在黑暗來臨。

我在這兒存在過，現在就要去那裡了。
是哪裡呢？

伊凡的病來得很突然，跌落得也很快。他無法再仰賴醫師的診斷自我欺騙。他現在知道了，不是盲腸也不是腎，就是生與死的問題而已。他回想起求學時代念過的哲學：凱撒是人，人會死，所以凱撒也會死。

問題是，死的是凱撒，怎麼會是我呢？

這個問題是伊凡·伊里奇重新取得生命的開端。這個「我」畢竟是不同於其他人的。「我」是活生生的，有過被愛的童年，有過淚水與歡笑，有過陽光與大海，還有那些不知名的花草芬芳與土壤氣味，這樣的我如此獨特，而死亡將會剝奪對這一切的回憶。而這一切，正是生命曾存在過的證據。

工作不再能吸引伊凡伊里奇的注意了，因為死亡擄獲了他。死亡不要求什麼，它只要求好好注視著它，什麼也不用做。但就是這點，讓伊凡飽受折磨。因為這點無法說給妻子明白，無法說給任何人明白，只能孤單地與它共處，一點辦法都沒有。

伊凡到此刻才真正體驗了存在的孤獨，而孤獨無法透過理性的思維來擺脫。我們已經太仰賴智性思考，認為那可以處理物質世界的方法，同樣可以用來處理人的內在經驗。

死亡經驗之所以讓人恐懼，就在於那無法被分享。身體裡有某些東西一點一滴地消逝，我們想掙扎，卻被愈來愈用力地抓住。每個人都不想或不願面對這一切，彷彿死亡只是自己的事，與他人無關。就連談論它都是不禮貌的行為。

人如果不願待在孤獨裡，哪怕只有片刻，也無法體會愛的意義。因為愛是打破孤獨狀態的一種嘗試，它的深層意義是給予，也是一種分享。這種分享建立在對人性悲劇層面的深刻瞭解上。

我是孤獨的，從而我明白他人也是孤獨的。那些無法被分享的體會，那些無從被分享的回憶，都證明了每個人跟我一樣獨特，也都跟我一樣孤單。正是如此，愛才具有積極性。

你到底需要什麼？

在大家看來，我在步步高昇，

可是生命卻從我的腳下一步步溜走了……

終於時候到了，去死吧！

他終於承認，「是的，一切都不對勁。」他的生命態度整個錯了，他再也沒辦法欺騙自己。一如過去當他質疑自己的生活時，他就埋首於工作躲避內心的疑惑一樣。但「什麼才是對勁的呢？」

死前兩週，女兒來看了他，不過卻是盛裝打扮，因為等等要跟男朋友去看戲。她健美、年輕的身體像是在諷刺他這個將死之人。半夜他就陷入了痛苦的半睡半醒狀態。他終於聽到聲音：「你到底需要什麼？」這個聲音反覆出現，而且如此清晰。一字一句都問到了生命的核心。

伊凡回答，他想要不痛，想要活下去。而且要跟以前那樣生活。聲音又問：「以前那樣的生活愉快嗎？」他回想自己的一生，從沒有憂慮的童年開始，那確實是很愉快的，但愈大後，這樣的愉快愈少了。學生時期還曾有過美好的時光，但工作、結婚之後，這些時光都不見了，金錢、煩惱、地位、工作，日子一成不變。外人看來他擁有得愈來愈多，但生命卻在腳下一步步地溜走。

伊凡不可置信，難道這樣的生活錯了嗎？應該沒有錯啊！他內心大喊：「每件該做的事我都完成了啊！」他不停地問「為什麼？」然後像個孩子一樣哭了起來。

他的虛假、空洞與貧乏，全是活錯的證據

為什麼？

這段描述打動了許多人，深刻地描繪出我們孤獨的處境。為什麼？為什麼在完成了一切社會交付給我們的義務與責任後，我們仍然孤單又可悲？為什麼？為什麼死亡不放過我們？這樣的生活到底有什麼問題？這個問題正是許多學生內心存在，卻很難表達出來的問題。

生活難道就是考上好大學、好科系，然後找到一份好工作嗎？他們的疑問顯示出，自己的父母親可能也用相同的標準過生活。如果你追問他們的父母親幸福嗎？他們往往會被

這個問題難住，不知道該怎麼回答。

問題的根源就在這裡，我們不知道怎麼活著，然後又教給下一代錯誤的生活方式。

伊凡聽到的聲音是什麼？是良知？理性？還是其他的什麼東西。榮格會說，那是潛意識的「自性」(Self)，我們生命之屋的主宰，他的提醒是為了補償我們錯誤的生活態度。

伊凡的虛假、造作、空洞、與貧乏全部都是活錯的證據。他的女兒與朋友，乃至於他嚮往的金字塔頂端與權貴生活圈，全部是一個樣。因此他感到無比的虛偽。曾經有學生告訴我，他在讀完這段描述後，放棄選填醫科，改念自己喜歡的科系。因為他知道，自己的父母親就過著這樣的生活。

當恐懼消失時，死亡也消失了

答案究竟是什麼？虛弱的他再也無法開口回答。

但他安靜下來了，在那一刻，所有折磨他的東西都離開了。「心疼他們，就必須做點什麼，好讓他們不那麼痛苦。使他們，也使自己擺脫痛苦。多麼美好又簡單啊！」疼痛就此消失，他內心問道：「疼痛怎麼不見啦？」他開始用心感受。

伊凡終於明白了活著的真諦。太簡單了，簡單而且美好，但這麼簡單美好的事為何他過去總是不明白呢？痛恨著虛偽妻子的他終於心疼起妻子來，他與伴侶和解了，同時發現自己關愛著兒子。

原來，答案就是愛。

但他從來不明白，也不想明白。直到人生的盡頭，他才開始用心去感受一切。感受身體的疼痛，感受旁人的心，感受自己。

治癒的真正意義並不是健康，而是身心的合一。當代醫學的成功讓我們限縮了治癒的意義，我們以為症狀消失就是治療，但它原可以更深刻，那就是跟疾病在一起，跟病痛受苦的自己在一起，從而真切地活在當下。

我們的心逃離了身體，急著把後者當成壞掉或故障的什麼東西。在健康時我們役使它，生病時又急著對治它，彷彿身體與我無關。這是當代人之所以感到疏離與分裂的原因，我不再與世界熟悉，也不再與身體熟悉。

伊凡不再畏懼死亡，因為他生平第一次，終於靜下來傾聽自己的心。當恐懼消失的時候，他發現死亡也消失了。取而代之的是一片光明。他像終於回家的孩子，長年來追逐遊走的心貪著攀附著外物，最後一刻，他迷途知返，回到了自己身邊。

你把生命活錯了，就遠離了光

為了實現自我，我們失去了什麼？這個「自我」有多大成分是社會的期待，又有多大成分是自己的本性？

榮格心理學指出了平衡的重要，存在心理學則批判性地揭露了我們的虛偽。事實上，多數走在自我實現之路的人對自己一無所知，他們在實現的是自己的個人議題，在滿足的是自己的自卑情結。所謂的實現經常只是自戀的延伸，而不是對自我的真正認識。

當我們用多大的力氣在追求某件事情時，也就用了同等多的力氣在迴避某件事。這世上所有喧囂的主張，全都攪動著參與者黑暗的過往。你把生命活錯了，那就遠離了光。托爾斯泰未對這道光做任何解釋，但我們曉得那就是東方傳統說的「廓然無聖」，是佛教說的「大光明」。

托爾斯泰不打算在故事裡探討靈性，但他想給伊凡一個安慰。讀者會發現，死前那短短的時光中我們所經歷的深度如此重要，那足以彌補我們這一生的過錯。因此救贖永遠有可能，方法是愛，是與受苦的人在一起，和受苦的自己在一起。

我們找不到第二本結合了生命意義、臨終過程、中年議題、面具與陰影，以及人情冷暖這麼多議題的小說，而且是用這麼短的篇幅，以及這麼簡單直白的語言。

距離二十年前第一次讀《伊凡・伊里奇之死》，我離死亡又更近了一些。這些年來，我經常反覆提醒自己，別成為伊凡那樣的「成功人士」。因此我深信這本小說對年輕學生來說具有難以估量的教育價值。至於中年讀者，我相信死亡焦慮已經默默籠罩在你的心間，伊凡的故事肯定也會刺痛你。

所有不明白生命意義的讀者，以及對生命感到困惑的朋友，這本書就是你的解答。

注：本文以〈存在小說經典：《伊凡·伊里奇之死》〉、〈活錯的人生：《伊凡·伊里奇之死》〉為基礎改寫而成。

名家讚譽

若這個世界能夠寫作，那它會像托爾斯泰那樣寫。

——伊扎克・巴別爾（Исаак Эммануилович Бабель）

——蘇聯猶太小說家、戲劇家

讀完《伊凡・伊里奇之死》，我更確定托爾斯泰是過去所有作家當中最偉大的一位。僅僅他一位，就足以讓俄羅斯人在面對歐洲對人類所有的偉大貢獻時，不會羞愧得抬不起頭來……

——柴可夫斯基（П. И. Чайковский），作曲家

我意識到，我所有的創作都毫無用處，我整整十卷作品均分文不值。

——莫泊桑（Guy de Maupassant），法國小說家、詩人

《伊凡・伊里奇之死》是托爾斯泰最傑出、最完美且最複雜的作品。

——納博科夫（B. B. Набоков），《蘿麗塔》作者

俄國文學作品中，最能感動法國讀者的小說之一。

——羅曼・羅蘭（Romain Rolland），法國小說家

一九一五年諾貝爾文學獎得主

托爾斯泰最強烈、最折磨人、最深刻且最多的關注，都與死亡有關。

——托瑪斯・曼（Thomas Mann），德國作家

一九二九年諾貝爾文學獎得主

這是一部不可思議的傑作，描寫一位將死之人、他與家人的關係，以及他如何一步步接近死亡。僅一百多頁，容易閱讀，非常出色。讀過此書的人，無一不成為更好的自己。

——楊・馬泰爾（Yann Martel）

《少年Pi的奇幻漂流》作者

每位醫生都應細細閱讀《伊凡・伊里奇之死》，世界文學中沒有第二本作品能對此課題有如此深刻的描寫，它揭開癌症病人所經歷的恐懼與疑惑。

——利德斯基（A. T. Лидский），蘇聯外科醫生

讓伊凡・伊里奇病死的，是他所處的時代。

——納丁・戈迪默（Nadine Gordimer），南非作家

一九九一年諾貝爾文學獎得主

托爾斯泰的不朽之作《伊凡・伊里奇之死》已成為現今存在主義思想的重要基礎經典。它可

能是所有文學中說明何謂直面死亡最有影響力的一部著作。

——威廉・巴雷特（William Barrett），美國哲學家

世上沒有哪一個民族能夠有如此完美之作。一切作品與《伊凡・伊里奇之死》相較，都相形見絀、黯然失色。

——斯塔索夫（B. B. Стасов），帝俄時期藝術評論家

談到《伊凡・伊里奇之死》，再多的讚賞都不足以形容。這部作品，已經不再被稱為藝術之作，而是空前絕後之作。

——克拉姆斯柯依（И. Н. Крамской），替托爾斯泰畫過肖像的畫家

在過去，死亡是社會禁忌的議題，在現在，我們會採用不同的方式探討生死的議題。《伊凡・伊里奇之死》的內容如同我很喜歡的電影《與神同行》及《可可夜總會》一樣，引發你／妳對死亡議題的興趣，並激發你思考如何在有限的人生當中活出生命的美好，特別適合助人工

作者及醫療服務人員閱讀。

——吳庶深，臺北護理健康大學／生死與健康心理諮商系副教授

托爾斯泰小說《伊凡・伊里奇之死》是十九世紀最偉大的死亡文學名著，說明當時臨終者內心的掙扎、心理的各種反應。伊凡・伊里奇的故事提醒人們為何不在「最單純平凡」的時刻就去探索「死亡的意義」，總是等到最後關頭才去探索？

——曾煥棠，臺北護理健康大學／生死與健康心理諮商系退休教授

伊凡·伊里奇之死【譯自俄文】

死亡文學巔峰神作，寫給每一個人的生命之書
特別收錄鐘穎（愛智者）深讀推薦專文
Смерть Ивана Ильича

作　　者　列夫·托爾斯泰
（Лев Николаевич Толстой）
譯　　者　魏岑芳
封面設計　莊謹銘
內頁排版　高巧怡
行銷企劃　蕭浩仰、江紫涓
行銷統籌　駱漢琦
業務發行　邱紹溢
營運顧問　郭其彬
責任編輯　溫芳蘭、周宜靜
總 編 輯　李亞南
出　　版　漫遊者文化事業股份有限公司
地　　址　台北市103大同區重慶北路二段88號2樓之6
電　　話　(02) 2715-2022
傳　　真　(02) 2715-2021
服務信箱　service@azothbooks.com
網路書店　www.azothbooks.com
臉　　書　www.facebook.com/azothbooks.read

發　　行　大雁出版基地
地　　址　新北市231新店區北新路三段207-3號5樓
電　　話　(02) 8913-1005
訂單傳真　(02) 8913-1056
初版一刷　2018年4月
二版一刷　2025年4月
定　　價　台幣250元

ISBN　978-626-409-090-2

國家圖書館出版品預行編目 (CIP) 資料

伊凡. 伊里奇之死 : 死亡文學巔峰神作, 寫給每一個人的生命之書/ 列夫. 托爾斯泰著 ; 魏岑芳譯. -- 二版. -- 臺北市 : 漫遊者文化事業股份有限公司 : 大雁出版基地發行, 2025.04
144 面 ; 14.8×21 公分
譯自 : Смерть Ивана Ильича
ISBN 978-626-409-090-2(平裝)
880.57　　114003720